日本名城紀行 1

森敦
藤沢周平
円地文子
杉浦明平
飯沢匡
永岡慶之助
奈良本辰也
北畠八穂
杉森久英

SHOGAKUKAN
Classic Revival

目次

仙台城

森　敦

もり・あつし

1912年～1989年。73年、「月山」で芥川賞受賞。ほかに「鳥海山」「意味の変容」など。

仙台城にのり込む

伊達《だて》といえば政宗《まさむね》である。政宗といえば独眼龍《どくがんりゅう》である。これは「梵天丸《ぼんてんまる》（政宗の幼名）がそのころ疱瘡《ほうそう》を病み、毒のために右眼を失明した」からだと小林清治さんの『伊達政宗』に書かれているような次第でそうなったので、「ただし政宗自身は、隻眼であることを最後まで苦にしていた。後はその死後に木像をつくり、忌日には香華を供えるように命じたが、そのさい、自分の片眼は生まれつきのものではない、親の授けたかたちの欠けることは第一に不幸であるから、両眼をそなえておくように語ったという」のだそうだ。

ぼくは吹きださずにいられなかった。坂口安吾《あんご》ではないが、ぼくが「伊達政宗の城にのり込む」というと、かねて昵懇《じっこん》に願っていた東北電力東京支社広報課関係の数人が拙宅にみえ、取材のための応援をしようと申し出られた。同広報課ではすでに子細にわたった政宗の記事を色刷りで何度かパンフレットにしている。やがて酒になり酔いのまわったころ、ただでさえ無邪気な顔をしている大杉喬《たかし》さんが愉快げに笑った。

「一説には政宗は独眼龍ではなかった。眼はふたつあったといいますよ。その証拠には絵や像を見ても、眼がふたつあるのがあるんですな」

「そうかな」と、ぼくは思わず身をのりだした。「こりゃ、まだ子どものころの記憶だがね。政宗は戦場で右眼に矢を射込まれた。それをみずから引き抜いて、独眼龍になったと聞いたがね」。おたがいにそんな程度の知識である。これでぼくに「伊達政宗の城にのり込む」資格があるだろうか。それというのもぼくが歴史に興味を失ったからで、歴史に興味を失うについては、ぼくにもぼくなりの曰《いわ》くがないわけではない。

第一、歴史上の人物ひとりをとってみても、その時代の考え方で解決すべきであって、いまの時代の考え方で解釈すべきではない。歴史的にみればまったく差がないといっていい、近ごろの若い者の考え方さえわからないのに、そんなことはできようはずはない。ただ、その期間を百年、二百年とながきにとれば、歴史はしだいに哲学的意味をもち、おおいにぼくたちの教えられるものになるだろう。

しかし、それは哲学として学べばよいので、わざわざ苦労して歴史のなかにまさぐることもないだろう。そう思った瞬間、ただでさえあやふやなぼくの歴史的知識は雲散霧消してしまったのだ。そんなぼくを案じたのか、同行してくれることになった編集部の清水淳郎君は、宮城県高校社会科教育研究会の『宮城県の歴史散歩』に添えて、小林清治さんの『伊達政宗』を求めてくれたのである。

特急「ひばり」はすでに白河《しらかわ》にかかろうとしていた。政宗が最全盛期にはこのあたりまで伊達領であったのだ。伊達軍団を率いた政宗はそうした偉業を、はやくも二十三、四歳でなし遂げていたのである。梅雨《つゆ》空の雲はいよいよ低くなったが、ぼくは不得手な歴史にいどまねばならぬという憂鬱《ゆううつ》を忘れて、いささか意気軒昂《けんこう》のおもむきになった。どうにかなるさといったやけっぱちもだが、何本かあけた罐《かん》ビールがきいてきたのである。

「政宗は自分の片眼は生まれつきのものではない、親の授けたかたちの欠けることは第一の不孝であるからと、両眼をそなえた像をつくらせたというが、彼は父の輝宗《てるむね》を撃ち殺し、弟の小次郎《こじろう》を斬《き》って、母の保春院《ほしゅんいん》を最上《もがみ》に追ったんじゃなかったのかね」

そうぼくが言うと、清水君は笑いながら、

「弟の小次郎を斬って、母の保春院を最上に追ったのは、保春院の兄の最上義光《よしあき》が秀吉に通じて政宗を毒殺し、小次郎に継がせようとしたからですよ。しかし、父の輝宗を撃ち殺したのは、政宗その人ではありません。二本松の畠山義継《はたけやまよしつぐ》に突然拉致《らち》された輝宗が、二本松を眼前にする阿武隈《あぶくま》川畔に至ったとき、追撃してきた留守政景《るすまさかげ》や伊達成実《なりざね》らにみずから命じて、義継ともども撃たしめたのですよ。あっ、あれが阿武隈川じゃありませんかね」

「阿武隈川?」

ぼくはかってにぼくの言ったようなことを、絵に描いたものを見たような気がしていた。ところが、清水君の語るところによると、ぜんぜん違っている。清水君は紛《まが》うかたなく近ごろの若い者である。

ひと口に近ごろの若い者ですましていたが、これがどうしてなかなか侮りがたいばかりか、

「ええ。それにしても、戦国の乱世は凄《すさ》まじいですよ。父子の殺しあいは日常の茶飯事で、伊達にしても政宗の曾《そう》祖父稙宗《たねむね》と祖父晴宗《はるむね》は争っている。結婚はすべて政略だが、それで安心させといて、隙《すき》あらば寝首を掻《か》こうというんですからね。それがいいのわるいのたって、いまの時代の考え方じゃとても解釈できませんよ」

と、ぼくが言いたいようなことを言うのである。二時近く「ひばり」が仙台駅に入ると、ホームには東北電力の広報課長の吉田瑞夫さんと斎藤利春さんの姿が見える。大杉さんが連絡してくれていたので、これまたいずれも昵懇の間である。久闊《きゅうかつ》を叙するとただちにタクシーをあの広々とした青葉通りに走らせ、経ケ峰《きょうがみね》に案内してもらった。案じられた雨がいよいよ降りはじめたが、はげしい雨ではなくかえって明るく感じられたのは、心たのしいものがあったからだろう。

政宗の霊廟瑞鳳殿

経ケ峰《きょうみね》は広瀬川《ひろせ》に沿いながらも、そのはげしい湾曲によって仙台城址《じょうし》と隔てられている。タクシーを降り、ヒヨドリやウグイスの囀《さえず》りを耳にしながら、雨霧のなかに立つ杉の大木の間の幅広い古い石段を登ると、かすかに電気鋸《のこ》や槌《つち》の音が聞こえ、プレハブの作業場や事務所の間から、華麗な彩色の建物が見えてきた。これが政宗《まさむね》の霊廟瑞鳳殿《おたまやずいほうでん》の涅槃門《ねはん》で、どうやら拝殿や本殿もできているらしい。かつては日光の東照宮につぐものだと仙台人が誇りにしていた国宝建造物だったが、戦災で焼失し、かねての念願かなっていまここで再建されてきたものらしい。

事務所を訪れると待ってでももらっていたように、瑞鳳殿再建期成会事務局長補佐の阿部周吉さんに迎えられ、茶菓の接待をうけたあと、あらためて案内してもらった。雨はややはげしくなったが、スカートをまくりコーモリを傾けた団体の観光客らしい婦人たちも来ている。東照宮の壮大さには及ぶべくもなく、コンクリートの耐火建築になっているのも味気ない思いがするものの、なお巨額の費用を惜しまずこうして再建しようという、仙台市民とその関係者の熱意に打たれずにいられなかった。

見ると本殿の両側に左右おのおの十本のうす汚れた白木の卒塔婆《そとば》が立っている。阿部さんはぼくたちを顧みて、

「これが殉死者たちの墓ですよ」

「殉死者たちの……」

ぼくも政宗には佐賀藩の鍋島勝茂《なべしまかつしげ》や肥後《ひご》藩の細川忠利《ほそかわただとし》に並ぶ多くの殉死者のあったことを知っていた。ことに、忠利のそれについては鷗外《おうがい》の『阿部一族』で殉死者の心にも主を思う純粋の情とばかりは言いきれないもののあることを教えられていた。

事実、伊達藩にもこんなことがあった。大崎《おおさき》・葛西《かさい》に一揆《いっき》がおこったとき、秀吉は蒲生氏郷《がもううじさと》に命じて、政宗とともに討てと言った。しかし、氏郷は政宗とすで

に約を交わしながら、あえてこれを破ったが、政宗の家臣須田伯耆《すだほうき》なるものが、じつは政宗が一揆を首謀し、氏郷を殺害しようとしていると訴えたからで、伯耆はその父が政宗の父輝宗《てるむね》に殉死しながら、期待した加増の得られなかったのを、かねてから恨んでいたのだ。

「政宗公も殉死の願い出に『身之相果候《みのあいはてそうろう》以後之儀《いごのぎ》に候条《そうろうじょう》、可《とどめ》レ申《もうす》レ留《べき》分別《ふんべつ》も無《これなく》レ之候。落涙訖《らくるいまで》に候』と言われましてね。石田将監《しょうげん》をはじめとする七十歳から二十歳に及ぶ十五名の武士たちが追い腹を切ったのです。その武士のあとを追って殉死したものがさらに五名、それらの人たちの墓標は、列からすこし後ろにひかえて立ててあるでしょう。みな刀で左から右に腹を切り、さらに右から左に返して、みごとな死にざまだったといいますよ」

そう言って、阿部さんはみずから腹を切るまねをしてみせた。阿部さんは背は低いが、たださえ苦《にが》いものを飲んだような表情をしていて、いかにも真に迫っているのである。

「殉死者にはそれなりの御加増もあったでしょうね」

「そりゃア、あったでしょう。政宗公が江戸の桜田屋敷で亡くなられたのが七十歳の寛永《かんえい》十三年（一六三六）の六月七日、それから六日かかってこの仙台に着いている。六月七日も旧暦ですからちょうどいまごろで、やっぱりこんな雨が降ってたでしょうね。せっかくですから、なかもお見せしましょうかね」

と、阿部さんは金色の錠《じょう》に大きな鍵《かぎ》を入れた。もとは衣冠束帯の政宗の像（むろん、両眼の見ひらかれたもので独眼龍《どくがんりゅう》ではない）が安置されていたというが、なかはまだカランとして磨かれた黒い石が敷かれ、壇の上にりっぱな位牌《いはい》が置かれているばかりである。ところが、位牌を拝して事務所にもどると、オヤと思わないではいられなかった。おどろいたことに政宗がきちんとネクタイをし、背広を着、長身のからだをやおら立ち上がらせて、品格のある態度でぼくらに挨拶《あいさつ》したのである。

一瞬、とまどったが出された名刺には、瑞鳳殿再建期成会事務局長伊達篤郎と記されている。政宗の四男宗泰《むねやす》の後裔《こうえい》で、政宗が仙台城に移るまえに居城としていた岩出山《いわでやま》の有備館はこの人のものだそうだが、瑞鳳殿再建にあたって石棺を発掘し、発見された遺骨に肉づけして復元された石膏《せっこう》像の写真が、他の写真とともに拝殿の床の上に並べてあった。見れば見るほど伊達篤郎さんは、その石膏像の写真そっくりなのだ。

雨が小やみになったので、ぼくたちはまた阿部さんの案内で石段を上がり二代忠宗《ただむね》、三代綱宗《つなむね》の霊廟に詣《もう》でた。忠宗の霊廟は綱宗のそれを左にして石段の正面にあり、これも瑞鳳殿同様、国宝に指定されていたが、これも戦災でただ墓石を残すばかりになっている。綱宗のときにはすでに禁じられていたものの、忠宗にはなお直臣十二名、陪臣《ばいしん》四名の殉死者があり、その小さな石碑が並んでいた。あたりはまだ雨霧に煙る鬱蒼《うっそう》とした木立で、さまざまな野鳥が囀《さえず》っている。その声を聞きわけようとしばらく空を仰いで立ちどまっていると、木の間からステレオの明るいリズムが流れてきた。そこにはまったく今ふうの家があり、これも政宗の殉死者の子孫だというので、

「殉死者の子孫の方には、いまもこんなところに住める特権があるんですか」

そうぼくが訊《き》くと阿部さんは、

「いや、そんなことはありません」

軽く答えて顧みようともしないのである。そういえば、緑のワンピースを着たお嬢さんがひとり、まるで通いなれた道のように、事務所の前を歩いていく。それをふと、ふしぎに思ったが、事務所前に回されてきていたタクシーを走らせるまで、街がもう野鳥が囀《さえず》るばかりの、森閑とした別天地のようなこの霊域のすぐ後ろまで迫っているとは気づきようもなかったのだ。

夢路の金色堂

夜に入って宿に帰り、床につくとまた驟雨《しゅうう》の走る音がする。みなでおおいに飲んで、じつに愉快に過ごしたのだが、容易に寝つかれぬまま、ぼくは清水君のくれた小林清治さんの『伊達政宗』を読みはじめた。

政宗は父輝宗《てるむね》を失うと、その初七日のすむのを待ち、ただちに二本松城を攻撃する。ところが、輝宗とともに撃たれた畠山義継《はたけやまよしつぐ》の嫡子国王丸の拠《よ》るこの城が抜けない。かてて加えて、佐竹《さたけ》・蘆名《あしな》・岩城《いわき》三万の大軍が北上するという報が入り、政宗は八千の兵を率いて岩角城に拠り、観音堂《かんのんどう》山に陣どってこれを迎え撃ち、政宗の生涯《しょうがい》における最大の激戦のひとつになった。政宗このときわずか十九歳、かくて二本松の重臣らを内応させ、ようやくにしてその城を落とすことができたのである。

これに並ぶ激戦は、磐梯山麓《ばんだいさんろく》で蘆名との間に行なわれた摺上原《すりあげはら》の戦いであるという。そのとき、蘆名勢一万六千余騎、伊達勢二万三千余騎。にもかかわらず、伊達勢あやうしとみえたが、風が西から東にかわった。「高根《たかね》颪《おろし》ノ弥増《いやまし》ニ鉄砲ノ烟《けむり》、馬ケブリ真黒ニ吹カケタレバ東西モ不見分《みわけず》、南北モ朦《くら》ミテ、只《ただ》馬ノ足音太刀《たちの》鍔音《つばおと》ノミ夥《おびただ》シ、カクテ会津《あいづ》勢五騎十騎引ツレヅレ退往者《しりぞくもの》ハ多ケレド、踏止《とどま》ルハ少ナクナリ」大将蘆名義広《よしひろ》の最後の奮戦もむなしく、政宗は奥州三十余郡を手中にし、二十四歳にして、かつての藤原三代のそれと比肩すべき勢力を得るにいたった。

兵馬倥偬《こうそう》の間《かん》、権謀あり術数あり、あるいは間諜《かんちょう》を放って敵情を探り、裏切りの密約をとりつけるなど知能の限りをつくしながらも、なお政宗が神仏に加護を祈って、多くの寺社を建てたのもまた当然ともいえる。

しかるに、秀吉はすでに天下の半ばを平定し、しばしば政宗に上洛《じょうらく》を促していた。政宗が容易にこれに応じなかったのは、むろん小田原と通ずるところもあったからだろうが、秀吉はみずから軍を進めて小田原を包囲し、さらに政宗の出馬を促した。政宗はまず大崎義隆《おおさきよしたか》を討つを利としたばかりか、片倉景綱《かたくらかげつな》らの強い反対にあったからでもあろう、遅参のやむなきにいたるや、わずか百騎を引き連れて小田原に駆け参じた。このあたりがまた政宗の知謀である。

本国に大軍があれば、たとえ身がどうなろうとも戦うこともできるのだ。秀吉は刀・脇差《わきざし》を抜き捨てて、面前に平服する政宗の首に杖《つえ》をあて、

「さても、そのほうは愛《う》いやつだ。若い者だが好い時分に来た。いますこしおそく来たら、ここがあぶなかった」

と言ったと伝えられる。秀吉もむろん政宗の腹を読みとってのことであろう。も

ともと、秀吉は小田原を落としてからは、伊達を攻略して政宗の首をはねるつもりであったのだ。からくも秀吉の怒りはまぬかれて、本領および二本松・塩松・田村は安堵《あんど》されたものの、会津《あいづ》・岩瀬・安積《あさか》は没収され、あらたに会津に配せられた蒲生氏郷《がもううじさと》によって監視されるところとなった。政宗の母保春院《ほしゅんいん》が最上義光《もがみよしあき》に教唆されて政宗を毒殺せんとし、政宗が母の溺愛《できあい》する弟小次郎《こじろう》を斬《き》って、母を最上に追い放ったのも、その背後には秀吉の政宗に対する感情の機微が動いていたからだ。

しかも、政宗はかかる危機を切り抜けて天下の大勢を見あやまたず、よく家康につかえて藩下繁栄に万全を期した。坂口安吾《あんご》の言うように、政宗にはかつての藤原三代がつねに念頭にあったにちがいないが、念頭にあったからこそ、進むべきところは電光石火攻略して進み、とまるべきところはよく隠忍してとまったのだ。秀吉・家康もその恐るべきを知り牽制《けんせい》せんとしながらも、むしろ手なずけておのれに利あらしめんとしたのも、おそらくこのためであろう。

思うともなくそんなことを思っているうちに、ぼくはいつとなくまた杉木立の間をのぼっていた。たしかに、瑞鳳殿《ずいほうでん》の杉木立のような気がするのだが、それでいてなんだか違っている。第一、あの古く広い石段もなく、雨も晴れてなだらかなのぼり坂がつづいている。やがて左手に茶店が見えると杉木立が切れて、右手に広々と視界がひらけ、かなた眼下の青田のなかに悠々《ゆうゆう》と川が蛇行《だこう》している。北上《きたかみ》川でそれに入る堤は衣《ころも》川であろう。北上川は薄日をうけて、流転の上になお永遠の相を示すごとく、まるで流れていないように輝いている。

道はつづいて、やがて左手は金堂のある境内になった。いまや鞘堂《さやどう》は堅牢《けんろう》なコンクリートの建物になり、光堂はそのなかにおさめられている。目にもまばゆく金色に輝き、藤原三代すなわち清衡《きよひら》・基衡《もとひら》・秀衡《ひでひら》のミイラと、打ち落とされた泰衡《やすひら》の首をおさめた須弥壇《しゅみだん》には、これまた金色の阿弥陀《あみだ》三尊がまつられている。すべてが金色でまさに光堂だが、そこに言うに言われぬ品格があり、遺憾ながら瑞鳳殿のそれとは比較にならない。

しかし、ぼくはなぜこんなところにいるのであろう。あるいはもはや夢路をたどっているのかもしれない。そんなことを思っていると、ベルが鳴ってもう東北電力の吉田さんや斎藤さんが迎えにみえたという。

副葬品に見る政宗

空はすでに梅雨《つゆ》あけのように晴れている。清水君と軽い朝食をすませて、ふたたびタクシーを駆って青葉通りを走り、広瀬《ひろせ》川に渡された大橋を渡ると、もう仙台城である。

まず博物館に立ち寄って、学芸室長の濱田直嗣さんから政宗《まさむね》の副葬品なるものを見せてもらった。いうまでもなく、瑞鳳殿《ずいほうでん》の再建にあたって、石棺の片すみに置かれていたもので、政宗が日ごろ愛用していた身辺のものである。

鉄黒漆《てつくろうるし》五枚胴具足《ごまいどうぐそく》、糸巻太刀《いとまきたち》、黒漆地《じ》鉄線蒔絵《てつせんまきえ》香合《こうごう》、梨子梅竹《うめたけ》蒔絵硯箱《すずりばこ》、黒漆塗筆入《ぬりふでいれ》、黒漆地《じ》葛《くず》蒔絵文箱《ふばこ》、懐中《かいちゅう》日時計《ひどけい》、梨子菊絵《きくえ》印籠《いんろう》、梨地《なしじ》キセル箱《ばこ》等、

いずれも可能なかぎりは修復され、政宗が秀吉の命によって朝鮮の役に赴かんとし、三千の兵を率いて京都を通ったとき、その豪華な出《い》で立ちで京童《きようわらべ》をおどろかし、「伊達《だて》者」なることばが生まれたという、その片鱗《へんりん》をうかがわしめるようにすら思われた。

しかし、政宗はおそらくこれによって威を示そうとしたので、戦国の武将にはまれに見るほど詩文をよくしたが、けっして文弱の徒ではなかったことは、その遺訓を見ても知られるであろう。

「仁に過ぐれば弱くなる。義に過ぐれば固くなる。礼に過ぐればへつらいとなる。智《ち》に過ぐればうそをつく。信に過ぐれば損をする。気長く心穏やかにして、万《よろず》に倹約を用ひて金を備うべし。倹約の仕方は不自由を忍ぶにあり。この世の客に来たと思へば何の苦もなし。朝夕の食事うまからずとも、ほめて食うべし。元来客の身なれば好嫌《すききらい》は申されまじ。今日の行きおくり、子孫兄弟によく挨拶《あいさつ》して、娑《しや》婆《ば》の御いとま申すがよし」

ここに幼くして名僧虎哉宗乙《こさいそういつ》から五山文学を教えられ、かつ戦国を生き抜いてきた曲者《くせもの》ぶりすら顔を覗《のぞ》かせていたというものだが、ぼくはこれら豪華な副葬品のなかに金のブローチのあるのを目にとめずにはいられなかった。この十個の金の円盤に留《と》め針のついた鉄の円盤を丸くつないだブローチはロザリオだともいわれ、支倉常長《はせくらつねなが》の持ち帰りの品だとされている。

慶長《けいちょう》十八年（一六一三）九月十五日満月の夜、支倉は政宗によって建造された洋式帆船いわゆる里船に乗って、フランチェスコ派の宣教師ソロテらとともに牡鹿《おじか》半島の月ノ浦を出帆し、太平洋を横断して、いまのメキシコ、ノビスパンに渡った。さらに大西洋を越えてスペイン国王フィリップ三世に、ローマで法王パウロ五世に謁し、じつに七年の歳月を費やしていまのフィリピン、ルソンを経てふたたび月ノ浦に帰り着いた。支倉の出発に先立つ三年まえ、政宗は仙台城の城門や大広間にキリシタン布教の自由を布告し、支倉に命じてその作事を督励させた瑞《ずい》巌《がん》寺の石仏などを破壊し、これを肯《がえ》んじなかった僧を殺させたりさえしたのだが、天下の形勢はすでに一変し、キリシタンは国禁になっていた。

すでにぼくらが通りすぎてきた大橋のたもとにもキリシタンの殉教の碑があり、

支倉はその後のこともよくわからないほどよそよそしく扱われている。支倉が持ち帰った聖母マリア画像、ローマ市民権証、常長画像、南蛮簾《なんばんすだれ》、金糸縫《きんしぬい》ビロード打掛《うちかけ》など三十数点も評定所《ひようじようしよ》内のキリシタン所におさめられてしまった。

国禁もさることながら、これをもって政宗の志はそもそも貿易の利にあるのであって、信仰を求めていたのではないとする人がいる。政宗はつねに腹背に敵をうけながら、勇猛果敢しかも縦横の機略をもって切り抜けてきた。弟の小次郎《こじろう》をその手で斬《き》ったのもいわば涙を振るって斬った馬謖《ばしよく》で、つねに身辺におかれ愛玩《あいがん》されていたにちがいないあの副葬品のロザリオといわれる金のブローチも、馬謖としての支倉をしのぶよすがであったかもしれない。小次郎のことも最上《もがみ》の策謀と知って追い放った母の保春院《ほしゆんいん》も、政宗は後年、書をやってまた呼びもどしているのである。

清水君も少なからぬ感銘をうけたようだったが、博物館を出てタクシーにもどると、

「副葬品のあの糸巻太刀ですがね。鞘《さや》の金梨地に金で五三桐《ごさんのきり》と葵《あおい》が配されてい

ましたね。葵が徳川《とくがわ》の紋所とあったのはそうだとしても、五三桐が豊臣《とよとみ》の紋所とあったのは、どんなもんでしょうね。徳川はあくなく豊臣を抹殺《まっさつ》しようとかかっている。そりゃア、すごいもんですよ。もともと、五三桐は皇室の陰紋で、その陰紋としてつけられているにちがいない。政宗は徳川とはたがいに婚姻を結んだりして、豊臣とよりははるかに親しい間柄にありますからね」

「そういえば、どこかちょっと違っていたようだが、瑞鳳殿にも十六菊の紋が飾られていたね」

仙台城本丸に立つ

そんなことを言ううちに、タクシーは左手に白い隅櫓《すみやぐら》のある広場にかかった。

ここには秀吉が朝鮮の役にその本拠地としてつくった肥前《ひぜん》(佐賀県)名護屋《なごや》城から

移された大手門が戦災で消失するまであったそうで、残された写真から想像しても、ちょっと他に類をみないといっていいほど堂々たるものである。では、なぜ政宗《まさむね》はそんなものを誇らしげに残しておいたのか。ふとそう思ったが、燕雀《えんじゃく》なんぞ大鵬《たいほう》の志を知らんやである。婚姻関係がかならずしもお家の安泰を保証するものではないし、太平の世こそいよいよ知略を必要とするといえなくもない。いわんや、伊達《だて》は外様《とざま》の雄藩である。

「三の丸はどのへんですか」

ぼくがそう訊《き》くと、運転手は笑って、

「三の丸は大手門の外がそうなんですよ。さっき左手に東北大学が見えてたでしょう。あれが二の丸……」

「そうですか。博物館があったり、大学があったりして、どの曲輪《くるわ》も広そうだが、どうなってるのかつかみにくいな」

ぼくがそう言うと、博物館でくれた『仙台城解説と伊達氏について』をひらいて、「仙台城鳥瞰図《ちょうかん》」なるものを見せてくれながら、

「それが仙台城の名城たるゆえんですよ。ところが、これを見るとまったく明快そのものですよ」

「それがまた政宗その人でもあるのかな」

「そうでしょうね」

右手が崖《がけ》で左手に雑木のおおいかさぶるような石垣が見える。見えるといっても、まるで石垣ばかりでできているといっていい、他国の城にくらべるときわめて少ない。それだけでも、どれだけ経費の節約になったろう。やがてタクシーは深いはげしい渓《たに》に渡した青い鉄骨の橋に来てとまった。対岸には木山とかよばれる青葉の緑もしたたるような山があり、「東北放送」の電波塔が立っている。それに対してこなたは層々と地層を見せた断崖《だんがい》で、めくるめくような下から鴉《からす》が舞い上がってきた。

「これが龍ノ口でこの龍ノ口は広瀬《ひろせ》川とともに、仙台城のおのずからなる堀をなしているのです。あの地層を見てもおわかりのように、仙台城はもともと広大な段丘を利用してつくられた要害なんです」

半ば呆然《ぼうぜん》としているぼくに吉田さんがそう言うのを聞きながら、ぼくは思わず、

「どの曲輪も広くこんな要害に囲まれている。これはもう軍を退《ひ》いて死守する城ではなく、むしろ敵をよび込んで殲滅《せんめつ》する城ですね」と、感嘆しながら頼朝《よりとも》の軍の前に三代の栄華を保ちようもなく、あえなく滅亡した、のどかな丘陵のような藤原氏の居城を心に描いた。すると、斎藤さんは笑って、

「それでいて、この龍ノ口はまたいざというときには、詰の城ともいうべき郷六御殿に落ちのびる間道になっていたんですが、ご覧なさい。ここは自殺の名所になっていて、それを防ぐために高く鉄網を張って、有刺鉄線までつけているぐらいなものすごい渓でしょう。どうしてこの渓に降りたかが問題になっているほどなんです」

タクシーは道を引っ返すようにして、ぼくらをいよいよ本丸に運んでくれた。これがまた広いのである。護国《ごこく》神社あり、レストランあり、日清《にっしん》戦争の記念碑があり、高い台座の上に雄姿をみせた政宗の騎馬像があり、ぞくぞくと観光バスがのり込んできて、さながら公園の観を呈している。なんということもなく、ぼく

らもゾロゾロとやってきた観光客にまじっていくと、斜めに切った石に青銅板のはめ込まれた詩碑があり、ガイド嬢が喋《しやべ》りはじめた。

「これが土井晩翠《つちいばんすい》先生のつくられた有名な『荒城の月』の詩碑で、この仙台城を歌われたものです。先生はまた字がたいへんおじょうずで、これを三べん撫《な》でるとみなさまも字がじょうずになるといわれています。ただし、四度撫でると、またもとにもどるといわれていますから、そのつもりで……」

みなはあわてて われ先にと詩碑を撫《な》ではじめた。

「『春高楼の花の宴、めぐる盃《さかずき》影さして……』か。ぼくらは学生のころよく歌ったものですよ。この詩はいろいろなところで、自分のところの城を歌ったんだと言ってるようだが、なんだか政宗の詩を思いださせますね。

四十年前少壮ノ時
功名聊《いささか》復自私期
老来不レ識干戈ノ事
只抱《とる》ニ春風桃李ノ卮《さかずき》一

ただ、この詩は政宗がもう若林の屋形に移ってからのものだそうですね。しかし、天守閣こそなかったというが、二の丸はむろんとしても、この本丸にも二層櫓や三層櫓があったんでしょう。さぞかし豪華なものだったでしょうね」

と、ぼくが言うと吉田さんは笑って、

「そりゃァそうでしょう。この仙台城も大地震にあったり、火災にあったりしたうえに、戦災にまであって、いまは当時をしのぶよすがもありませんが、これからだんだん大崎八幡《はちまん》や松島の瑞巌寺《ずいがんじ》にご案内します。それから推してもおわかりになれますよ。それに、瑞巌寺には瑞鳳殿《ずいほうでん》にあったといわれる政宗像とは違って、独眼龍《どくがんりゅう》の政宗像がありますよ」

と言った。ぼくはふと大杉さんが拙宅にみえ「一説には政宗は独眼龍ではなかった」と愉快げに言ったのを思いだしたが、吉田さんはなお話をついで、「天守閣は徳川《とくがわ》に気をつかってつくらなかったといいますが、これだけの眺望《ちょうぼう》があればその必要もないでしょう」

そう言ううちに、鳶《とび》が下に飛んで見えるほどの断崖《だんがい》のかなたから、水平線を大きくいだいている仙台湾へと仙台の街がふくれあがるようにひろがってきた。ぼくは何度となくこの仙台の街に来、かなたに青葉山《あおば》をながめながら、その仙台城に上がってこうした大景観をながめたことはなかった。それらはむろん、おのれの上に加護あらんことを祈ってのことにちがいないが、やがてはそれらによって人心を収攬《しゅうらん》しようと考えたであろう。天下に大名あって封建制がとられたように、伊達軍団の領袖《りょうしゅう》にそれぞれ所領をあたえ、宛然《えんぜん》小天下をつくって、揺るぎなき太平を保とうとした。

むろん、伊達家にも伊達騒動にもみられるように事がなかったとはいわれない。ことに、維新にさいしては政宗が天下の大勢を見とおして、豊臣《とよとみ》から徳川へと移行したような慧眼《けいがん》もなく、むざむざ朝敵の名を背負わねばならなかった。しかし、いま仙台の街がまさにこのようにあるということが、政宗の経綸《けいりん》の偉大さに対する、なによりも正しい解答ではあるまいか。

「ぼくはまだ東北のあちこちを転々としていたころ、広瀬川沿いに仙山線《せんざん》でよくこの仙台に来たんですよ。政宗はこの仙台城に移るまで、あのあたりの大崎《おおさき》の岩《いわ》出山《でやま》城にいたんじゃありませんか。もう定かには覚えていないが、その規模ではとても比較にならないが、結構はなんだか似ているような気がするな。それがぼくには政宗が、同じ性格を失わず、おどろくほどの大をなしたというか、おどろくほどの大をなしながら、生得の性格を失わなかったというように感じられるんですよ。城がもしなんらかの意味で象徴だとすればね」と、ぼくが言うと斎藤さんが、現在にあってもなお過去に旅することが可能だというように、

「そうですね。その岩出山城にも、あすお連れするつもりでいるんですよ」

鶴ヶ岡城

藤沢周平

ふじさわ・しゅうへい

1927年〜1997年。73年、「暗殺の年輪」で直木賞受賞。ほかに「蝉しぐれ」「たそがれ清兵衛」など。

中世の大宝寺

中世のころ、大泉荘《おおいずみしょう》とよばれた出羽国《でわ》（山形県）荘内《しょうない》の土地は、藤原保房《やすふさ》という遙任国司《ようにんこくし》がいて留守所《るすどころ》を置いていたが、実質的には陸奥《むつ》（岩手県）平泉《ひらいずみ》の藤原氏の勢力下にあった。しかし鎌倉が平泉征討軍を派遣し、土地の豪族田川氏が、征討軍の比企《ひき》藤四郎・宇佐美《うさみ》平次の軍勢と戦って、奥州藤原氏とともに滅びると、そのあとに、鎌倉幕府の家人《けにん》武藤《むとう》氏が、あらたに地頭《じとう》に任ぜられた。

この武藤氏六代目の長盛《ながもり》が、地頭として、大宝寺《だいほうじ》（現在の鶴岡《つるおか》市のあたりの地名）に居住した最初の人物だったと考えられている。つまり戦国末期まで武藤氏の一拠点となった大宝寺城、のちの鶴ヶ岡城の原型ともいうべき居館が、このころに営まれたようである。時期は鎌倉幕府の実権が、北条《ほうじょう》氏に移ったころか、その直後あたりと推定される。

その後百年あまり、武藤氏は周辺の土着豪族の間で、しだいに力をつけていったようであるが、建武《けんむ》中興につづく南北朝対立時代に入ると、いや応なしに戦乱に巻き込まれる。

南北対立の争乱は、僻陬《へきすう》の地出羽国荘内にも、大きく波及した。大泉荘に隣接する藤島《ふじしま》城に、さきに戦死した南朝方の出羽守葉室光顕《はむろみつあき》の子光世《みつよ》、中院具信《なかのいんとものぶ》、また藤島城の北、余目《あまるめ》のあたりに所領をもっていた結城《ゆうき》氏の代官白河為興《しらかわためおき》らがこもり、のちに同じ田川《たがわ》郡立谷沢《たちやざわ》城に、護良《もりなが》親王を奉じる北畠顕信《きたばたけあきのぶ》が進出して、荘内の北軍方地頭勢力とはげしい戦いをくりひろげる。

武藤氏は、余目の地頭だった同じ武蔵《むさし》国出身の豪族安保《あぼ》氏と組み、周辺の北朝勢力を集めて南朝方に対抗した。出羽国では、最上《もがみ》川以北の飽海《あくみ》郡、秋田由利《ゆり》郡の方面では南朝の勢力が強く、川南の田川郡では北朝方の勢力が強かった。大宝寺城に拠《よ》る武藤氏は、この時期、余目の安保氏とともに北朝勢力の中心的な存在だったようである。

しかし、一時は南朝方に降服した足利尊氏《あしかがたかうじ》が、勢いを盛り返して正平《しょうへい》十年（一三五五）の京都決戦に勝ち、後光厳帝《ごこうごんてい》を京都に迎えて、幕府を回復したころから、一進一退をつづけていた荘内の戦局も、しだいに北朝方に有利に展開してくる。翌正平十一年に、斯波兼頼《しばかねより》が出羽按察使《あぜち》として山形に赴任、越後《えちご》（新潟県）守護《しゅご》職上杉《うえすぎ》氏とともに、荘内の北朝勢力援護にのり出したからである。

当時北畠顕信は、護良親王とともに藤島城にいたが、勢いを増した北朝軍に城を破られて、出羽国北部に逃れた。南北の抗争はこのあともつづくが、荘内においては南朝方勢力が主導権をにぎる場面はなく、明徳《めいとく》三年（一三九二）の南北朝合一を迎える。

大泉荘の地頭武藤氏は、この間に越後守護職であり、関東管領《かんれい》の執事《しつじ》でもある上杉憲顕《のりあき》の傘下《さんか》に入り、上杉氏との関係が強まるが、南北朝合一から七十年後の寛正《かんしょう》三年（一四六二）には、当時の武藤家の当主淳氏《きようじ》が、将軍足利義政《よしまさ》によって出羽守《かみ》に任ぜられ、荘内の守護大名的な地位を得ていた。この時期には、武藤氏の勢力は大泉荘を中心とする田川郡一帯から、最上川以北の飽海郡・由利郡の一部にまで及んでいたようである。その間、大宝寺城は終始、武藤氏の拠点であった。

武藤・砂越両氏の争闘

それから数年たって、応仁《おうにん》の乱がはじまった。文正《ぶんしょう》二年（一四六七）に幕をあけ、文明《ぶんめい》九年（一四七七）に終わるこの大乱は、下剋上《げこくじょう》の風潮をふくめて、さまざまな影響を地方に及ぼしたが、荘内《しょうない》の土地でも、永正《えいしょう》九年（一五一二）にいたって、武藤《むとう》氏と砂越《さごし》氏の抗争がはじまる。

砂越氏は、元来が武藤氏の庶族で、最上川《もがみ》をはさんで余目《あまるめ》の北に位置する砂越に城を構えていた。しかし文明《ぶんめい》年間（一四六九〜八七）に入ると、砂越氏は最上川以北の地頭《じとう》と結んで、独自の勢力をたくわえるようになっていた。

実力あるものが上に立つのが、この時代の風潮である。砂越氏は、文明十年には宗家を無視して幕府に直接に伺候し、信濃守《しなののかみ》を受領するなど、川北の勢力を背景に、武藤氏と真っ向から対立する存在となっていたのである。武藤氏は、こうした川北勢力の南侵にそなえて、最上川北岸に東禅寺城《とうぜんじ》（のちの亀《かめ》ヶ崎《さき》城）を築いて対抗したが、永正九年、砂越軍は大挙して武藤氏の出城、東禅寺城を襲った。

出羽《でわ》国大泉荘《おおいずみしょう》が、上杉《うえすぎ》氏の傘下《さんか》に入ったのは、正平《しょうへい》十六年（一三六一）であるが、元中《げんちゅう》九年（明徳《めいとく》三年、一三九二）に、陸奥《むつ》・出羽両国が関東公方《くぼう》の統率する鎌倉府の管轄下に入ると、その結びつきはいっそう強まったようである。

越後守護《えちごしゅご》職であった上杉氏は、大泉荘をあたえられた鎌倉府の執事《しつじ》上杉憲顕《のりあき》から三代目の憲定《のりさだ》のときには、さらに伊豆《いず》（静岡県）・武蔵《むさし》（東京都・埼玉・神奈川県）・上野《こうずけ》（群馬県）三か国の守護職を兼ね、また関東管領《かんれい》として、補佐する鎌倉公方をしのぐ勢威をそなえるようになっていた。同家はまた山内《やまのうち》上杉家として、犬懸《いぬかけ》・扇谷《おうぎがやつ》・詫間《たくま》の三上杉の宗家としても威勢をふるった。

武藤氏は、この関東政界の実力者と結び、直接には隣接する越後の上杉勢力と連結して、陰に陽にその庇護《ひご》をうけていたが、永正四年にいたって、越後国内に守護職の上杉氏と守護代の長尾《ながお》氏の間に抗争が勃発《ぼっぱつ》した。

山内上杉氏は、関東の実力者として、関東公方足利《あしかが》氏と争い、また同族の犬懸・扇谷両上杉と抗争するなど、関東のただならない情勢のなかで推移してきたが、この永正四年には、当主は上杉顕定《あきさだ》で、弟の上杉房能《ふさよし》が越後の守護職をつとめていた。越後の内乱は、房能の養子定実《さだざね》を擁した守護代長尾為景《ためかげ》が、房能を攻めて自刃させたことからおこった。

永正六年に、関東管領上杉顕定は、越後まで出兵して定実、長尾為景を越中《えっちゅう》（富山県）に追ったが、翌七年には為景らの反抗をうけ、顕定は越後長森原《ながもりはら》の合戦で敗死してしまうのである。この混乱のため、越後上杉氏の周辺に対する影響力はいちじるしく弱まった。砂越の武藤氏攻撃は、この間隙《かんげき》をついて行なわれたのであった。

永正九年、砂越氏雄《うじかつ》の軍勢は、武藤氏の川北の拠点東禅寺城を包囲攻撃し、迎え撃った武藤澄氏《すみうじ》は、将士千余名を失う大敗を喫して、川南の田川《たがわ》郡に退いた。翌年、さらに兵力を強化した砂越氏雄・万才丸父子は最上川を越えて田川郡に侵攻したが、こんどは周到な迎撃陣をしいた武藤澄氏のために、完膚なきまでに撃破され、砂越父子は乱戦のなかで討死した。

しかし越後では永正十年にいたって、こんどは上杉定実と長尾為景の間に軋轢《あつれき》が生じ、為景は定実を幽閉してしまう。為景の守護家簒奪《さんだつ》はそれで成功をみたかに思えたが、越後各地の地頭はかならずしも長尾氏に従ったわけではなかった。とくに長尾氏の影響からほとんど無傷の北越では、上条《かみじょう》城主上条定兼《さだかね》を中心に連合勢力を結び、享禄《きょうろく》三年（一五三〇）にいたって、さきに幽閉された上杉定実を盛りたてて長尾為景に対抗した。

越後国内は騒然として、他をかえりみるいとまはなかったのである。あくまで武藤氏攻略をねらう砂越氏にとっては、好機がつづいていた。

田川郡の合戦に敗れた砂越氏は、そのあと五郎氏維《うじふさ》が家督を継いだが、雌伏約二十年、氏維はその間にたくわえた大兵を率いて再度田川郡に侵攻した。天文《てんぶん》元年（一五三二）のことである。氏維は武藤氏の城将土佐林《とさばやし》氏が守る藤島《ふじしま》城を落とし、さらに武藤氏の本拠、大宝寺《だいほうじ》城を攻撃した。

はげしい攻防のなかで、大宝寺城は兵火にかかり焼け落ちた。武藤氏は大宝寺の西、海岸から近い砂丘の中腹にある尾浦《おうら》城に拠《よ》った。以後、武藤氏の居城は尾浦城にかわり、のちに大宝寺城は回復されたが、尾浦城の支城のかたちになる。

この砂越・武藤二氏の争闘は、荘内全域を巻き込む大動乱となり、天文六年に、武藤氏の要請によって介入した北越の上条定兼の調停でいったんやむが、その間に大宝寺城下は焼け野原となり、著名な寺院、各地の村々も兵火に焼尽した。しかしこの両氏和解は決定的なものではなく、荘内では以後も武藤・砂越両氏間以外の紛争をもまじえて、小規模な内乱が散発する。この不安定な時代に、大宝寺城は主役の座を尾浦城に譲ったまま推移する。

戦国の兵火

武藤《むとう》氏を中心にする荘内《しょうない》の勢力は、前述のように越後《えちご》と緊密に結びついていたが、それは越後守護《しゅご》職上杉《うえすぎ》氏との結びつきであり、直接には、守護職支配下にある北越勢力との結びつきであった。越後国内で、しだいに発言力を増してきていた守護代長尾《ながお》氏とのかかわりあいはまだ薄かった。そのことを立証するような事件が、永禄《えいろく》十年（一五六七）におきた。

守護代長尾為景《ためかげ》は、事実上、上杉氏から守護職の権威を剝奪《はくだつ》したが、越後国内の反発を鎮めえないままに死んだ。為景が死んだときにも、反対勢力の軍勢は、春日山《かすがやま》城下に迫り、のちに家督を継ぐ上杉謙信《けんしん》は、甲冑《かっちゅう》をつけて葬列に加わったほどであった。

しかし長尾家では病弱な兄の晴景《はるかげ》にかわって、謙信が家督を継ぎ、天文《てんぶん》十九年（一五五〇）には上杉定実《さだざね》から守護職を譲られる。さらに永禄四年にいたって上杉憲《のり》政《まさ》から関東管領《かんれい》の地位を譲られると、謙信の勢威はようやく国内に浸透するようになった。

しかし謙信の国守としての統率力が、それで十分に行きわたったということではなかった。岩船《いわふね》郡本庄《ほんじょう》の城主本庄繁長《しげなが》は、永禄十年武田信玄《たけだしんげん》の勧誘をうけて、上杉謙信に叛旗《はんき》をひるがえした。この反乱に、当時の武藤氏の当主義増《よします》が、すすめられて加わったのである。義増はさきの永禄三年、謙信が信玄と川中島《かわなかじま》で戦ったとき、謙信の陣触れに応じて越中口《えっちゅう》に進み、越中の一向一揆《いっき》にそなえて布陣している。しかし隣接する本庄繁長の反乱への勧誘もことわれなかったのである。しかし義増は、謙信が電撃して本庄城を囲む気配を察知すると、謙信の重臣直江大和守宗綱《なおえやまとのかみむねつな》を頼って降服した。この降服は、武藤氏の謙信に対する完全な従属を意味した。

しかし従属はしたが、それに対する謙信のめんどうみもよくなったことは否めなかった。謙信はその後荘内の紛争に小まめに介入し、武藤氏を援助したので、天正《てんしょう》五、六年(一五七七、八)ごろには尾浦《おうら》城の武藤義氏《よしうじ》の荘内支配が確立し、従来そむきがちだった最上川《もがみ》以北の豪族も、尾浦城に参勤するようになった。

このころ武藤義氏は、余力を駆ってしばしば隣接する由利《ゆり》郡・最上郡にも侵攻をこころみている。そして天正七年には、天下統一の階段をのぼりつめようとしていた織田《おだ》信長に、馬・鷹《たか》を送って修好を求め、屋形《やかた》号を許されている。

義氏の信長への接近は、前年に上杉謙信が死亡し、越後ではその直後から謙信の養子景勝《かげかつ》（長尾政景の子）・景虎《かげとら》（北条氏康の子）ふたりの間に継嗣《けいし》争いがはじまった情勢にかかわりがあるだろう。

義氏は独立大名としての実力を身につけはじめ、事実、積極的な武断政策で、余目《あまるめ》の安保《あぼ》氏、横山《よこやま》城の横山氏、藤島《ふじしま》城の土佐林《とさばやし》らをつぎつぎに攻め滅ぼした。悪屋《あく》形とよばれたほどの強引な領内統治だったが、それができた背後には、謙信の勢威があった。そこで義氏は、謙信という後ろ盾を失うと、いそいで織田への接近をはかったようである。いちおうの支配権を確立したものの、義氏の荘内支配は散在する地方豪族を心腹させるまでにはいたらず、きわめて不安定なものだったのである。

はたして、謙信が死んだその年末に、川北の観音寺《かんのんじ》城主来次孫四郎《きすきまごしろう》がそむいた。そして天正九年には、荘内と最上の国境に、隣国の太守《たいしゅ》最上義光《よしあき》の蠢動《しゅんどう》がみられた。翌年になると、義光は観音寺城主来次と砂越《さごし》城主砂越次郎に謀略の手をのばした。

阿部親任《あべちかとう》の『筆濃餘理《ふでのあまり》』が収録している来次の書状に「なんとも聞こえざる文

書にて候。分別をもって返章いたすべきこと、わきまえがたく候間、当座の挨拶《あいさつ》までにて返酬せしめ候」とあるのは、この間の消息を物語る。書状は来次から砂越にあてて、最上義光の指図で、最上の部将鮭延秀綱《さけのぶひでつな》が手紙を送ってきたことを報じたものである。かねてから荘内侵攻をねらっていた義光は、上杉の支配権力が遠のいたその時期を好機とみた。

これに対して、武藤義氏も果敢に反撃し、また内紛をかかえている最上家の弱点をついて、逆に謀略を施すなどして対抗した。しかしこの年の末に、最上義光はついに、武藤家の重臣前森蔵人《まえもりくらんど》らを、最上方に同心させることに成功したのである。

十五里ヶ原の決戦

天正《てんしょう》十一年（一五八三）三月六日。前森蔵人《まえもりくらんど》は仙北《せんぼく》郡に出兵するため、尾浦《おうら》城を出発したが、途中から不意に兵を返して義氏《よしうじ》を討った。

義氏は『奥羽軍談』に「背《そむ》く者は戦って所領を奪ひ、或《あるい》は交《まじわ》りを結て親《したし》く成て毒を喰《く》はしめて是《これ》を失、終《つい》に三郡の主と成ると云へ共、猶《なお》他国を望み、自国を納《おさめ》、他国に兵を起し、年月をふるといへ共止事《やむこと》を得ず。家臣は家を忘《わすれ》、妻子に離て他郷し、他国に日を重ね年を送る。士民是を呼て悪屋形《あくやかた》と号す。然《しか》る間夫に別る女、親を失孤《みなしご》、子を失老たる父、疵《きず》を蒙る士、片輪と成る者市《いち》に満《みつ》」と記され、また『庄内《しょうない》年代記』にも「義氏繁昌、士民陣労」と書かれている。

軍談の記載に多少潤色があるとしても、義氏が討たれたあと「城中の男女は只《ただ》夢の覚たる心地して『是《これ》は〳〵』と歎《なげ》き悲しむと云《い》へ共、過半義氏を疎《うと》み果たる事なれば、さのみに慕ふ族《やから》もなし」（『奥羽軍談』）というのは、ほぼ真実だったろう。人望のない屋形だったのである。

義氏が討たれると、荘内《しょうない》の地侍《じざむらい》はいっせいに蜂起《ほうき》し、義氏の与党と各地に戦闘をくりひろげたので、荘内全土ははなはだしく混乱した。

この混乱を鎮めるために、有力な地侍たちは談合して、当時藤島《ふじしま》城主だった義氏の弟義興《よしおき》を尾浦城主に迎え、いっぽう東禅寺筑前守《とうぜんじちくぜんのかみ》と名のった前森蔵人を東禅寺城主とした。二者並立時代が現出したわけである。

しかし最上《もがみ》川以南をおさえる武藤《むとう》義興は、いぜんとして上杉《うえすぎ》家の援助をあてにしていたし、最上川以北の勢力を背景にする東禅寺は最上派だったので、領内は波乱ぶくみで推移した。

果然、天正十四年の春にいたって、東禅寺は荘内北部の勢力を誘って反乱をおこした。義興はこれに対抗し、米沢《よねざわ》の伊達政宗《だてまさむね》に救援を求めて最上義光《よしあき》を牽制《けんせい》するいっぽう、越後《えちご》の本庄繁長《ほんじょうしげなが》の次男千勝丸《せんかつまる》（義勝《よしかつ》）を養子に迎えて、上杉勢力との提携を強めた。伊達の牽制がきいて、最上義光は荘内に侵攻できず、反乱は下火になった。

しかし翌年十月、東禅寺はふたたび反乱の火の手をあげた。義興は強く反撃し、いったんは叛将《はんしょう》東禅寺を敗勢に追い込んだが、このとき国境の六十里越えを突破して、最上義光の大軍が荘内に進攻してきた。

この最上軍の大挙侵攻が、武藤氏の息の根をとめることになる。武藤義興は全兵力をあげて、最上軍を月山山麓《がっさんさんろく》に迎え撃ったが、後方からも東禅寺の襲撃をうけて乱軍のなかに自殺した。武藤氏の本拠尾浦城は落ち、養子義勝はかろうじて越後《えちご》国境に逃げのびた。ほぼ四百年にわたって、荘内支配の勢力を徐々に拡大してきた武藤氏は、このとき事実上滅亡したのであった。

そのあと、荘内は東禅寺筑前守が支配者の位置につく。最上義光は、尾浦城に腹心の中山玄蕃《なかやまげんば》を目付《めつけ》として残しただけで、武藤氏を討ったことだけに満足し、兵を最上に退いた。

義光は、本心は最上方からおもだったもの数名を派遣して、荘内を実質的にも最上の支配下におきたかったのだが、のちに三坂越前《えちぜん》にあてた手紙に記したように「左候ては彼東禅寺が忠節を抽《ぬき》んでたる志をないがしろに致候に相似候に付」、東禅寺に荘内三郡の仕置をゆだねたのであった。また直接に最上の支配とした場合、荘内の地侍勢力の反感を買うかもしれないことを考慮したかもしれない。しかしそれが、義光があとで悔いたように、最上方の大きな失点となる。

義光は、荘内は東禅寺でしばらくはもっと考えたわけだが、上杉方の反攻は意外に早かった。

翌十六年の正月には、早くも羽越《うえつ》国境に越後本庄の城主本庄繁長の兵が蠢動《しゅんどう》をくり返し、八月になると、上杉景勝《かげかつ》の後援を得た本庄軍が大挙して国境を越えた。本庄軍の兵力は三千ともいい、また六千五百とも伝えられる。

本庄軍は小鍋《こなべ》城・菅《すが》ノ代《だい》城など、山岳の途中に立ちふさがる荘内軍の前線基地をつぎつぎに破り、最後の堅塁石山楯を撃破すると平野に出てきた。

これを迎えて、荘内軍は尾浦城と大宝寺《だいほうじ》城を両翼に、遠く海を背に、千安中野《ちやすなかの》の間に布陣したというから、そのころには大宝寺城が、尾浦城の支城のかたちで再興されていたのだろう。荘内軍の兵力を、諸書は数千と伝えているが、『奥羽軍談』によれば、都合三百余騎にすぎなかったともいう。東禅寺の荘内支配は脆弱《ぜいじゃく》だったので、本庄軍の侵攻をみて越後勢に寝返るものも多く、当初よりは人数が減ったとも考えられる。

そのあたりの古戦場は、いまは庄内《しょうない》米を産する美田つづきだが、当時は十五里ヶ原と称した未墾の原野だった。

両軍は対峙《たいじ》したまま日没を迎えたが、夜半ひそかに荘内軍の前面に横たわる千安川・大山川を渡った本庄軍が夜襲をしかけ、それから両軍入り乱れての夜戦となった。虚を衝《つ》かれた荘内軍は、その後態勢を立て直してはげしく戦ったが、その間に両翼の尾浦城・大宝寺城も、本庄軍の別動隊に襲われて火に包まれた。

夜が明けるころには、本庄軍の優勢が確立していたが、早朝の濃い朝霧のなかを、荘内軍は残りの兵が一団となって、本庄繁長の本陣目がけて前へ前へと進み、立ちふさがる本庄軍との間に、なおもはげしい戦闘がつづいた。そのなかで、最上から派遣された勇将草刈虎之助《くさかりとらのすけ》はついに討死し、尾浦城将だった東禅寺の弟右馬頭勝正《うまのかみかつまさ》は、単身、本庄繁長の本陣に斬《き》り込み、繁長に斬りつけて冑《かぶと》の上から左耳の間まで斬ったが、おおぜいに斬りかかられて、その場で討死した。戦いは本庄軍の勝利に終わった。

十五里ヶ原の戦は、実質的に上杉・最上の荘内における支配権を決定した決戦であった。最上義光は、その後も荘内をうかがう姿勢を崩さなかったが、すでに中央の秀吉は、全国の諸将に私闘を禁じていた。

荘内は、武藤義勝が出羽守《でわのかみ》に任ぜられたが、天正十八年の奥羽検地をきっかけに、荘内に大規模な一揆《いっき》がおきると、義勝と父の本庄繁長は、一揆扇動の疑いで大和《やまと》(奈良県)に流罪となった。荘内はそのあと上杉景勝の所領となり、名実ともに上杉の支配下に入る。

一度あきらめた荘内支配が、思いがけなく最上義光の手にころがり込んできたのは、関ヶ原の戦の翌慶長《けいちょう》六年(一六〇一)であった。義光は秋田由利《ゆり》郡と飽海《あくみ》・櫛引《くしびき》・田川《たがわ》の荘内三郡を加封されて五十二万石の大々名となった。

義光の本国であった。山形県内陸地方には、義光は鮭《さけ》が食いたくて荘内をねらったという戯《ざ》れ言が伝わっていたそうである。西北に長い海岸線をもち、耕せば肥沃《ひよく》な美田となる平野がひろがる荘内を手に入れて、義光は心躍ったにちがいない。

荘内の仕置には心を砕いた。とくに治水事業には力を入れ、氾濫《はんらん》する赤《あか》川を鎮めるとともに、北楯堰《きただてせき》をはじめ、いくつかの堰をひらいて、のちにこの地方が有数の米どころになる基礎をつくった。義光の仕置は上杉の支配より寛大だったので、領内はよくおさまった。

こうした荘内統治のなかで、義光は大宝寺城を修築して自分の隠居城と定め、慶長八年三月、ほぼ城ができあがったところで鶴《つる》ヶ岡《おか》城と改称した。同時に東禅寺城を亀《かめ》ヶ崎《さき》城、尾浦城を大山城と改めた。

だが義光は、当時の戦国大名がおしなべてそうであったように、豊臣《とよとみ》家と徳川《とくがわ》家の間にはさまれて、五十二万石を保全するために奔走し、鶴ヶ岡城に隠居するという望みを果たすひまもなく慶長十九年に死んだ。そして義光の汲々《きゅうきゅう》とした保身策にもかかわらず、義光の死後わずか八年たった元和《げんな》八年(一六二二)、最上家は改易される。

鶴ヶ岡城は北国の押さえ

最上《もがみ》氏にかわって、荘内《しょうない》に入部したのは、酒井《さかい》宮内大輔忠勝《ただかつ》であった。忠勝は信州（長野県）松代《まつしろ》十万石から荘内に入部して十三万八千石となったが、この移封を喜ばなかったといわれている。忠勝は徳川《とくがわ》四天王のひとり忠次《ただつぐ》の孫で、その家柄を誇りにしていた。その誇りには、忠次の夫人大督寺《だいとくじ》殿が家康の叔母《おば》であり、忠次には徳川創業以来の宿老だったという事情がふくまれている。

しかし、四天王のうち榊原《さかきばら》は上州（群馬県）館林《たてばやし》に、本多《ほんだ》は姫路に、井伊《いい》は彦根にといずれも要衝の地に配置されているのに、自分は遠く北地に移封されるのである。しかも最上家の本拠山形城には、鳥居左京亮忠政《とりいさきょうのすけただまさ》が移り、酒井は鳥居を補翼するかたちになる。これが忠勝の不満だった。

これに対し幕閣は「今度の儀専《もっぱ》ら外藩警守の御内意ニ而《て》、貴殿家柄格別の思召《おぼしめし》を以《もつて》仰下されし儀なれば、彼両城御守護ありて永く天下の藩屏《はんぺい》たるべし、されば別して御規模の事ニ而候」（大泉紀年）と、説諭した。

両城というのは鶴《つる》ヶ岡《おか》城・亀《かめ》ヶ崎《さき》城の二城である。元和《げんな》元年の一国一城令にもかかわらず、荘内にはふしぎにこの二城が残されていたのである。

この幕閣のことばは、たんなる外交辞令ではなく、事実であったであろう。秋田には、関ヶ原役の翌々年、五十四万石から二十万石に削られて移封した佐竹《さたけ》、仙台には雄藩伊達《だて》、米沢《よねざわ》には百二十万石からわずか三十万石に落とされた上杉《うえすぎ》がいた。天下にひと騒動があれば、いつでも動きだしかねない、徳川にとっては無気味な存在である。

その押さえとして、幕府が最上家のあとを鳥居・酒井およびこの両家の縁戚《えんせき》大名を配置してかためたのは、十分に理由があることだった。

忠勝は了承して松代から移ると、鶴ヶ岡城の本格的な普請《ふしん》にかかった。入部したときは本丸程度だったのを、二ノ丸・三ノ丸を修築し、二ノ丸の東南隅、本丸の西北隅に角櫓《すみやぐら》をあげた。当初の計画ではほかに本丸にひとつ、二ノ丸にふたつの櫓を建設する予定だったが、櫓はこのふたつにとどまった。

平城だが、直接の濠《ほり》だけでなく、周辺の川をたくみに要害にとり込んだ城構えだった。酒井忠治《ただはる》氏の一文によると、鶴ヶ岡城は鉄砲狭間《はざま》が矢狭間の二倍以上あり、主要武器を鉄砲としていたこと。また籠城《ろうじょう》よりは攻撃野戦型の城で、土橋を二ノ丸・三ノ丸の北西に集め、そこから多くの軍勢を出す用意があったことなどが知られる。土橋を北西に集めたのは、仮想敵を北の秋田佐竹藩とみていたとされる。

しかし酒井氏が入部してから、荘内領内は格別の混乱もなくおさまった。甲崎環氏の「亀ヶ崎史話」には、いたずらがはげしい子どもを、故老が「成覚《じょうかく》院《いん》さまみたいなガキだ」と叱《しか》るのを聞いた話が載っている。成覚院さまは忠勝のことで、この新藩主は大坂両度の戦にも出陣し、まだ戦国大名の体臭を残す人物だった。忠勝の荒々しい気性と、藩政初期の領内の、落ちつかない気分が衝突して、多少の紛争があったが、その時期が過ぎると、荘内藩は比較的平穏に推移した。幕末に近い天保《てんぽう》期に、長岡へ国替えという幕命が出て、国中騒動したが、その危機をのりきって荘内藩は幕末の動乱期に入る。

菅と中村の論争

加藤省一郎氏の「臥牛菅実秀《がぎゅうすげさねひで》」に、菅秀三郎実秀と物頭《ものがしら》の中村治郎兵衛《じろうべえ》がはげしく口論した話が載っている。元治《げんじ》元年（一八六四）七月のことで、そのころ、江戸取締りの任にあたっていた荘内《しょうない》藩が、江戸檜《ひのき》坂の長州藩邸を接収しにいったときのことである。長州藩が禁門の変に敗れた直後のことのようである。菅はのちに中老になるが、このときは江戸留守居添役《るすいそえやく》という身分だった。

中村はすぐれた戦術家であったが、喧嘩《けんか》と博奕《ばくち》が大好きな人物だった。けしかけることを荘内ではホキかけるというが、中村は犬の喧嘩でも、聞きつけると家からとび出していって、「ホキ、ホキ」と大声で犬をけしかけた。また火事と聞くと、六十を過ぎてからでも、二里(約八キロ)ぐらいのところはとんでいったという。

菅も子どものころ、このまま成人したら畳の上で死ぬとは思われない、と母親を嘆かせた強情、負けずぎらいな人間である。このふたりが論争をはじめたのは、ふたりにのり込まれた長州藩の重役が、主人の最期を見とどけたいので、われわれを本国に帰すよう、とりはからってもらいたいと嘆願したことからはじまった。荘内藩の任務は、彼らを長州藩上屋敷に護送することだった。

菅は彼らの心情を憐《あわ》れんで、幕閣に請願してみようと言った。これに対し中村は、それは幕命に反すると反対した。ふたりは長州藩の重役の前で大声をあげて論争をはじめ、ついには重役そっちのけで論争しながら外に出て、接収の兵を率いている中老松平権十郎《まつだいらごんじゅうろう》に意見を求めた。

菅の主張が通って、長州藩士を上屋敷に護送したあと、幕閣に本国送還を請願することが決まった。

長州藩の重役は感激し、ただちに屋敷を明けわたすことを約束したが、護送途中の帯刀を許されたいと言った。菅は承知した。すると、重役は槍《やり》の携行も許されたいと言い、菅はそれも承知した。すると図にのった重役は、さらに甲冑《かっちゅう》をつける許可を求めた。

すると菅はかたちを改めて、刀も槍も平常武士が帯びるものである。しかし甲冑は戦支度である。そのつもりならこの邸《やしき》を武力でうけとろう、と言った。

この挿話《そうわ》のなかに、菅実秀という人の人物が出ている。四年後、荘内藩の戊辰《ぼしん》戦略を事実上指導したのは菅であった。

鶴ヶ岡城の落日

慶応《けいおう》四年（一八六八）二月十八日、菅《すげ》は神田橋藩邸内で中老の松平権十郎《まつだいらごんじゅうろう》・郡代和田助弥《わだすけや》に会って、当面の状況にどう対処するかをただした。当面の状況というのは、鳥羽・伏見の戦に幕軍が敗れ、江戸に帰った徳川慶喜《とくがわよしのぶ》が上野《うえの》に入って謹慎してしまった状況をさし、荘内藩《しょうないはん》がこれにどう対処するつもりかを聞いたのである。菅は幕府の密命で前年の暮れ上方《かみがた》にのぼり、そこで幕軍の敗退を見て帰ったばかりだった。

松平は、藩では将軍がすでに謝罪謹慎を表明したからには、多数の藩兵を率いて江戸に踏みとどまることは、朝廷に対し憚《はばか》り多いことなので、明後日荘内に引き揚げることに決めた、と答えた。

菅は沈黙のすえに、荘内藩がとるべき道を三つあげたという。藩主自身が、慶喜の謝罪状を持って、東征大総督に会い徳川家の存続を願うのは上策である。譜代各藩、旗本を糾合して先頭に立ち、箱根《はこね》の険に拠《よ》って東征軍の退路を断つなら、十にひとつの勝算はある。中策である。荘内に帰れば、荘内藩に私怨《しえん》をふくむ薩長は、かならず征討軍を向けてくるだろう。そうなると北に退いて天下の兵を引きうけるかたちになり、万にひとつも勝算はない。下策であると菅は言った。

薩長の私怨《しえん》というのは、長州藩邸の接収、また江戸市中取締りとして断行した薩摩《さつま》屋敷の焼き討ちをさしている。

菅はそう言ったあと、藩論が帰国撤退に決まった以上、以後は事の成敗からいっさい心を断ち、荘内一円を焦土として城と運命をともにするしかない、と言った。

二十日に、荘内藩主酒井忠篤《さかいただあつ》は、上野に謹慎する将軍慶喜に別れを告げ、前後を殺手隊・火器隊の精鋭に守られて江戸を去った。

帰国すると荘内藩では、側用人菅をふくむ五名の軍事掛を任命し、兵式を刀・槍《やり》から銃主体の西洋式編制にすばやく切りかえた。この短時日の兵式改革は、酒《さか》田《た》の本間《ほんま》家の資力によってエドワード＝スネルから大量の銃を購入できたことで可能になった。そして情勢の推移をじっと見まもったのである。

情勢は、はたしてさきに菅が予見したようなものになった。奥羽各藩は、奥羽鎮撫《ちんぶ》軍の会津《あいづ》・荘内追討の意志がかたいのを見て、しきりに寛大な措置を請い、いっぽう鎮撫軍の圧力に苦しんだ。討荘を命じられた秋田藩では、荘内藩の罪状明示を求めたが、鎮撫軍があげた理由はあいまいで、ただ追討の督促だけがきびしかった。

このような空気に反発して、奥羽越諸藩は列藩同盟を結ぶが、それもまた鎮撫軍の策略によって破綻《はたん》をきたし、秋田・新庄《しんじょう》両藩は、同盟から離反を余儀なくされる。慶応四年七月五日、秋田藩は荘内征討軍を進発させる。この動向に注目しながら、新庄北部の秋田口に駐屯《ちゅうとん》していた仙台・米沢《よねざわ》・山形・上ノ山《かみやま》・荘内の連合軍は、十一日にいたって薩長軍を先導した新庄兵に襲撃され、混乱におちいった。

荘内藩が、本格的に秋田領に侵攻を開始したのはこの時期からである。

そのころ松平甚三郎《じんざぶろう》が率いる荘内藩の一番大隊、酒井吉之丞《きちのじょう》が率いる二番大隊は、白河口《しらかわ》の同盟軍を援護するために、相次いで羽州街道を南進していたが、鶴《つる》ヶ岡《おか》からの早追い指令によって、軍を返して新庄に向かった。

七月十三日の新庄決戦で、新庄軍を破ると、一、二番大隊はやがて秋田領に入る。そして秋田軍を主力にした薩・長・肥・新庄の連合軍とはげしい戦闘をまじえながら、八月十一日には横手《よこて》城を落とし、十四日には大曲《おおまがり》を占領した。二番大隊を率いる酒井吉之丞は、長身白面の二十五歳の青年だったが、巧妙果敢な戦闘で鎮撫軍に鬼玄蕃《げんば》の異名でよばれた。

しかし、彼は戦闘の間に戊辰二十絶という詩作をまとめた詩情の人でもあった。

その七絶のひとつをあげる。

三軍　策を決して銀山に向かう
暁に轅門《えんもん》を出ずれば意《い》気閑なり
喇叭《らっぱ》一声　千嶂《せんしょう》の月
七星旗《はた》は動く　白雲の中

北斗七星旗は、二番大隊の隊旗である。また新庄城を落としたあとに出したつぎの告諭にも、この青年隊長の人柄があらわれている。
一、兵火ニ係リ難儀ニ及ヒタル者ハ、官ノ山林ヲ伐《き》ル事ヲ許スヘシ
一、当藩老若婦女、民間ニ隠レテ衣食ニ窮シ、病ニ罹《かか》レル等其《その》手当方行届ク様

一、敵対セシ者ト雖《いえど》モ、主ノ為ニ戦死セルハ之《これ》ヲ葬リ、其墓表ヲ建《たつ》ヘシ（『戊辰庄内戦争録』）

厚《あつく》注意スヘシ

いっぽう酒井兵部《しょうぶ》を隊長とする三番大隊、水野藤弥《みずのとうや》が率いる四番大隊は、海岸口から秋田領に攻め入っていた。水野は隊をふたつにわり赤沢源弥《あかざわげんや》らが率いる新徴組三小隊を、鳥海山《ちょうかい》の山頂に向かわせると、自分は間道伝いに矢島《やじま》城下に向かった。矢島の秋田軍を自分の隊にひきつけ、その間に別動隊を山頂から一気に矢島におろし急襲させるという戦法だった。

この戦法は四年まえに菅と口論した中村が献策したもので、戦国時代に中入れと称した戦法である。成功が至難だというこの戦法を、菅は採用し、よく消化して指導したので、矢島の奇襲は成功した。三、四番大隊は次いで本庄《ほんじょう》を屠《ほふ》り、亀田《かめだ》を抜き久保田《くぼた》城目ざして進んだ。

九月十四日、一、二番大隊は、秋田藩の本拠久保田城の南東六、七里まで迫っていた。そして、三、四番大隊は南方五里の道川《みちかわ》まで迫っていた。久保田城下には、その砲声が聞こえたという。

しかしこの日、上ノ山藩の使者が、刈和野《かりわの》にいる一番大隊に来て、米沢藩の降服と、仙台藩もまた降服しようとしていることを告げた。一、二番大隊は急遽《きゅうきょ》、各隊長を集めて協議した。協議の結果は、同盟が破れた以上、征討軍は大挙して荘内国境を襲うだろう。退いて国境をかため、国と運命をともにするにしかず、だった。

酒井吉之丞は、菅実秀《さねひで》に戦は雲のように流動すべきもので戦線に固着すべからず、といましめられていた。久保田城を望む場所まで兵を進めながら、彼は執着しなかった。荘内軍は刈和野で最後の痛撃を鎮撫軍にあたえると、たくみに兵を引いた。十月になると雪が降る。四境の山谷は雪に閉ざされ、天下の兵を向こうに回しても守り抜けるという判断があった。

だが、そのころ鶴ヶ岡城内では抗戦・降服の二派が、はげしい論戦をくりひろげていたのである。なかでも菅実秀は徹底抗戦を主張した。

二派の論争は数日つづいたが、決着がつかず、九月十六日隠居していた前藩主忠発《ただあき》の裁決を仰いだ。忠発はついに降服を決定し、鶴ヶ岡城はこの日をもって、事実上、城としての生命を終わったのであった。

江戸城

円地文子

えんち・ふみこ

1905年〜1986年。「ふるさと」で劇作家として活動開始する。主な作品に「女坂」「なまみこ物語」など。

江戸から東京へ

「江戸」という名が史上に現われるのは、鎌倉幕府が創建されてからである。将軍源頼朝《みなもとのよりとも》は、秩父《ちちぶ》平氏から出てこの地に移り住んだ江戸《えど》氏の二代目、太郎重《しげ》長《なが》に武蔵《むさし》(東京都・埼玉・神奈川県)一国の庶政を任せている。

それから二百数十年を経て、太田道灌《おおたどうかん》が城を築いて拠点とし、ついで扇谷上《おうぎがやつうえ》杉《すぎ》氏、小田原《おだわら》の北条《ほうじょう》氏の支配するところとなった。しかし、江戸城といえば、家康《いえやす》から十五代慶喜《よしのぶ》にいたるまでここを居城として、いわゆる江戸時代を築きあげた徳川《とくがわ》氏の存在をなおざりにすることはできない。江戸城に主《あるじ》として住んだ歴代の将軍のなかにはそれなりに特色のある人物がいて興味ぶかいが、何よりも歴史的に重要なのは、そこが外に向かっては国を閉ざし、内には封建の制度をかため、近世日本三百年の泰平を営みつづけた将軍政治の中枢であったということである。

天正《てんしょう》十八年（一五九〇）、小田原北条氏は、天下平定をはかる豊臣秀吉に攻め寄せられて滅亡した。秀吉をよくたすけた徳川家康は、北条氏の旧領をあたえられることになった。このときが、徳川氏と江戸との結びつきのはじまりであるが、家中には、父祖の地三河《みかわ》（愛知県）を離れるこの関東移封の沙汰《さた》をなげくものが多かったといわれている。

土地の人との結びつきは、もちろん一朝にして成るものではない。三河譜代の家臣たちが、箱根《はこね》の関を越え、草深く気性の荒い坂東《ばんどう》へ移されることに悲憤慷慨《こうがい》したのもむりはなかった。だが、家康自身は江戸入府の沙汰を喜んでうけたのである。

思慮ぶかくてねばり強いことでは定評のあるこの人物には、ひそかに期するものがあったのだろう。それから十余年、関東に根強い勢力を扶植した家康は思惑どおりに天下を掌握し、江戸開府へこぎつけたのだった。

江戸城も多くの掘割がうがたれ、つぎつぎに増強されて天下の覇府《はふ》にふさわしい威容をととのえていった。文禄《ぶんろく》から寛永《かんえい》（一五九二〜一六四三）まで、つまり、家康・秀忠《ひでただ》・家光《いえみつ》とつづく将軍三代にわたって四度、画期的な築造が行なわれている。いっぽう、参勤交代、武家諸法度など大名支配の制度が定められ、幕府は着々とその基礎を踏みかためていたのである。

江戸時代を通じて、この将軍政治と密接なかかわりをもった大奥というところは、その功罪は別として、わたしにはとくに興味をひかれる世界である。

大奥は江戸城本丸の表御殿の北側にあって、将軍以外は男子禁制の場所だった。それ以前に、日本の政治機構のなかで大きな役割を果たした女の集団としては、平安時代の後宮があるが、中宮や女御《にょうご》は直接、政権にあずかったわけではなかった。江戸城大奥の場合は、御台所《みだいどころ》や側室をはじめ、役職をもった多くの女たちがその特殊社会をつかさどっていて、幕閣の政治を左右するような隠然たる勢力を保っていた。将軍家光の乳母春日局《かすがのつぼね》をはじめ、綱吉《つなよし》の生母桂昌院《けいしょういん》、家継《いえつぐ》の生母月光院《げっこういん》など、大奥から政権を動かした女性が出ている。

ただし、かつての宮廷サロンが輝かしい王朝文学の花を咲かせたのにくらべて、江戸城大奥にはほとんど女流文化の開花はみられなかった。御台所は、都の教養豊かな貴族から迎えられることが多かったが、京都ふうはむしろ大奥の風俗や慣例に生かされているようである。たとえば、年中行事の八朔《はっさく》もそのひとつではなかろうか。

じつは、徳川家康がそもそも江戸入りしたのが天正十八年(一五九〇)八月一日、八朔の当日であった。八朔は平安時代にはじまり、田の実の節供ともよばれている。元来、農村で田の実の初収穫を祝う行事であったものが、上流社会にも迎えられたのだといわれる。江戸時代後期の戯作《げさく》者大田蜀山人《おおたしょくさんじん》は清元「北州」に、

はや八朔の白無垢《むく》や　雪白妙《しろたえ》にふりあがり

と描写している。この日、吉原《よしわら》の遊女にも白小袖《こそで》を着る慣習があったわけである。江戸城大奥の女たちも当然、麻帷子《かたびら》でなしに白無垢を着てこれを祝ったたし、将軍は諸大名の参賀をうけて、彼らにさらに強い忠勤の志をかためさせた。つまり、

家康の入府によって江戸城に八朔のあらたな行事が生まれたことになる。それにしても、戦国騒乱の一拠点にすぎなかった江戸が、この八朔の日をさかいにして、政治・経済・文化全般のいちじるしい繁栄を遂げる国家都市への第一歩を歩みはじめたとは、何人《なんぴと》にも思い及ばぬことであった。

その「江戸」が史上から消え去るのは明治元年（一八六八）のことで、明治維新の変革によって日本の近代がひらかれるについて、武蔵《むさし》国豊島《としま》郡の江戸は「東京」と改められたのだった。

はるかに長い徳川幕府の治世に慣れ親しんできた江戸人士は、東京という改称に、新しい時代の招来を期待するいっぽうで、どこか勝手の違うよそよそしさをおぼえていたに相違ない。新しいよび名が身に合った感じで腰をすえるまでには、それなりの期間を必要とするものであるが、それと逆行するかのように、江戸時代の伝統をうけ継ぐものとして、むかしを懐かしみながら生きようとする心情があった。

文芸の世界でも、永井荷風《ながいかふう》や久保田万太郎《くぼたまんたろう》のように江戸本来の文化や趣味にたっぷりと身をひたして、それを謳歌《おうか》した作家が最近まで存在していたし、芝居や音曲《おんぎょく》の面でも江戸ならではの持ち味をいまなお濃く伝え残している。関東大震災や第二次世界大戦の戦火に焼き払われて、市街はつぎつぎにその装いを新しくしたとはいえ、とり残された坂や掘割や台地に、どこかまだ江戸のおもかげをしのびとろうとするのは、明治生まれの東京育ちであるわたしたちの郷愁であろうか。

文武両道

昭和三十一年秋、東京都は開都五百年を記念して祭典を催した。開都とは、江戸《えど》から東京へと目ざましい都市社会の発展を遂げるためのそもそもの楔《くさび》が打ち込まれたことを意味する。つまり、そのとき——長禄《ちょうろく》元年（一四五七）、太田道灌《おおたどうかん》によってそこに城が築かれ、城下の盛況が招き寄せられたのである。

徳川《とくがわ》幕府の終焉《しゅうえん》を告げる戊辰《ぼしん》戦争において江戸城がついに官軍に明け渡されたことは、一般によく知られていようが、太田道灌を生みの親とする江戸のおこりについて関心を寄せる人は、存外少なくなってしまったような気がする。

太田道灌は幼名を鶴千代《つるちよ》といい、十六歳で元服して資長《すけなが》と称した。入道して道灌を名のる。

十五歳のある日のことであった。

鶴千代は父の太田資清《すけきよ》入道道真《どうしん》に、今後の身の処し方を教えさとされた。

「知恵がありすぎると大偽に走りやすい、また知恵がないくせに大事をはかれば、かならず禍《わざわい》が身に迫るものだ。心して言行を慎まなくてはならない。たとえば……」

入道道真は障子を例としてとりあげ、直立していれば有用、曲がっていればたおれて役には立たぬといった。

鶴千代はすかさず、別室から屛風《びょうぶ》を持ってきて父の面前に立てた。

「まっすぐにしてたおれるけれど、曲がってこそ役に立つものもあります」

と、とっさの才気で応酬した鶴千代を、道真は某日、同じように「驕者不久」（おごれるものは久しからず）と書きしるして戒めている。

鶴千代はそのときも、父の訓戒を素直には聞いていない。ただちに筆をとって、「不」と「又」の二字を書き加えたのである。

「不驕者又不久」

おごらざるものもまた久しからず――と改められたその書を見て、道真は激怒のあまり扇で鶴千代を打ちすえていた。

太田氏は源《みなもとの》三位入道頼政《よりまさ》の末裔《まつえい》で、入道道真は扇谷上杉《おうぎがやつうえすぎ》氏の家宰《かさい》としてつかえ、関東ではだれ知らぬもののない武将であった。武備を心がけて、よく治政の実をあげたばかりでなく、中世騒乱のなかに文人としての名声も高い。

文武両道に秀でたこの入道道真ほどのものに、鶴千代は衆に抜きんじて走りすぎる才気を案じられたのだが、いざ、親身な訓戒がくだされれば、それを逆手にとった機知の冴《さ》えをみせて父親をなげかせたのだった。

父から見れば、俊敏でありすぎるために驕傲《きょうごう》にはしるわが子が不安であったのは当然のことであった。この訓戒ははからずも、悲運に閉じられる太田道灌の最期を暗示していたといえるかもしれない。

少壮のころ、道灌はよく狩りに出かけた。あるとき、にわか雨に出あって蓑《みの》を借りに寄った農家で、山吹の一枝をささげ持つ少女の応対をうけた。蓑のかわりに差し出された山吹の花の謎《なぞ》を、道灌は解くことができなかった。帰館後、家臣の中村重頼《しげより》から、『後拾遺集《ごしゅういしゅう》』にある前中書王兼明親王《さきのちゅうしょおうかねあきら》の和歌を教えられる。

ななへ八重花はさけどもやまぶきの
みのひとつだになきぞ悲しき

「実の」を「蓑」にかけた少女の和歌の嗜《たしな》みに感じ入った道灌は、人情風流にうとくて粗野だったそれまでの自分を愧《は》じて、歌道を志すようになったという。あまりにも有名なこの伝説の女主人公は、『老士語録《ろうしごろく》』によれば、葛西《かさい》の里に住む老女とある。老女は雨具を請われて、戸を隔てて家内から山吹の歌を暗誦《あんしょう》して応じたのである。道灌は老女の風流心を愛《め》でて、彼女を末長く扶養させたという。後者のほうが、話に自然なおもむきがあって共感をよぶ。

道灌が堂上歌人飛鳥井雅親《あすかいまさちか》を師としていつごろから歌道に精進したかは不明だが、その父資清入道道真も、祖父資房《すけふさ》入道道哲《どうてつ》も歌学に明るい人であり、彼自身も九歳のころから三年近く鎌倉五山に学び、和漢の書に通じて、すでに五山無双の学者として一家を成している。

そんな彼が山吹の古歌を教えられて風流の道に入ったとは、それを告げる少女を興味ぶかく引き立てすぎたきらいがあってうなずきにくいが、いずれにせよ、ひろく人に敬愛されたという文人道灌のやさしい人柄があざやかに映し出されている。

武人としての道灌がその本領を発揮しはじめるのは、康正《こうしょう》二年(一四五六)に手を染めて、翌長禄元年にいちおうの完成をみる江戸築城のことであった。子城(本丸)を中心に中城・外城をそなえもつ江戸城は、築造の妙を得た関東随一の堅城として世人の注目を浴びた。

これと前後して、武州（埼玉県）の川越《かわごえ》（河越）と岩槻《いわつき》（岩付）にも城を築いた。それらはすべて、室町《むろまち》幕府の命によって行なわれた新城取り立てであった。戦略的にみて、川越は入間《いるま》川をひかえ、岩槻は荒《あら》川をそなえとし、江戸は武蔵《むさし》野《の》原野の拠点となって、みごとな布石ができあがった。

幕府はなぜ、新城取り立てをいそがねばならなかったのか。当時、関東は下総《しもうさ》古河《こが》（茨城県）に拠《よ》る古河公方足利成氏《くぼうあしかがしげうじ》と、これを制圧しようとする関東管領《かんれい》職の上杉氏との対立によって二分されていた。関東の諸豪族もどちらかに与《くみ》して戦い、争いのたえまがなかった。

幕命によって関東支配にあずかる管領上杉は、そのような状勢のもとで、道灌に築城をいそがせたのである。ところで、上杉氏は山内《やまのうち》家と扇谷家とにわかれている。こののち、前者の当主が上杉顕定《あきさだ》のとき、執事《しつじ》職は長尾景忠《ながおかげただ》がつとめていた。これに対し、扇谷家の当主は上杉定正《さだまさ》、その執事職が江戸城を築いて城将となった太田道灌なのである。

動乱の渦

太田道灌《おおたどうかん》は江戸《えど》城に腰をすえて、戦機の熟するのを待った。とはいえ、それは扇谷上杉《おうぎがやつうえすぎ》家の心利いた執事《しつじ》の域を出るものではなかった。

我が庵《いお》は松原つづき海近く
富士の高嶺《たかね》を軒端《のきば》にぞ見る

と和歌に詠んだその住居は静勝軒《せいしょうけん》と名づけられていた。静勝軒は金閣《きんかく》寺を模した寄せ棟《むね》づくりのみごとな楼閣であったようだが、そこからながめ見る当時の江戸の風景はいかにものびやかなものであったろう。城の足もとを洗う入江には蘆《ろ》荻《てき》が生い茂り、はるかに連なりあう松原に都鳥の群れ遊ぶさまが、目の前に浮かびあがってくるようである。

道灌は静勝軒に住んで、ときには書に親しみ、ときには狩りを催して兵を養うという明け暮れを過ごしていた。

文明《ぶんめい》八年（一四七六）、道灌活躍のときが訪れた。

長尾景春《ながおかげはる》の反乱である。

これより先、管領山内上杉氏《かんれいやまのうち》の執事職を望んでいた景春は、叔父《おじ》長尾景忠《かげただ》がその職を継いだことを不満に思い、武蔵《むさし》の五十子《いかご》（本庄《ほんじょう》駅東方約四キロ）で反逆をくわだてた。

景春とは姻戚《いんせき》にあたる道灌はその調停にのり出した。しかし、事は思いどおりに運ばず、長尾景春は武州鉢形《はちがた》の城に拠《よ》った。

あらたな騒乱の兆《きざ》しはそれだけではなかった。

上杉氏の親戚《しんせき》である駿河《するが》（静岡県）の守護今川家《しゅごいまがわ》にも、家臣団の勢力争いが激化していた。そこで、文明八年六月、道灌は堀越公方足利政知《ほりこしくぼうあしかがまさとも》の下知をうける扇谷上杉定正《さだまさ》の代理として三百騎を率い、江戸城を発したのだった。

道灌はすでに四十五歳、押しも押されもせぬ貫禄《かんろく》をそなえていたことと思われる。移り変わる時の流れはここで、道灌にひとりの男をひき合わせることになった。

今川の家中に身を寄せていた牢人《ろうにん》者の伊勢《いせ》新九郎長氏《ながうじ》、のちの北条早雲《ほうじょうそううん》である。長氏は今川家の紛糾《ふんきゅう》をしずめるために、道灌に力を貸してくれた。ふたりは同い年であった。

幕府の機構のなかでおのれの分を守ってきた育ちのいい太田道灌と、裸一貫《はだか》で戦国の風雲に野望を賭《か》けてきた北条早雲とは、およそ対照的な生き方を経ていたのだが、道灌はかえって早雲の人柄に惚《ほ》れ込んだ。しかし、道灌もまさか、一介の牢人者であるこの早雲がのちに小田原《おだわら》に本拠をすえて関東の覇者《はしゃ》となり、おのれの誇る堅城江戸城が小田原の支城に成り下がる運命をたどるとは思ってもみなかった。

いっぽう、長尾景春は道灌が駿河へ出かけている留守をねらい、鉢形を出て五十子の両上杉氏を急襲した。道灌は十月、江戸城へ帰還した。利根《とね》川の向こうで、この上杉家中の内乱を見守る古河《こが》公方成氏《しげうじ》は、獲物をねらう虎《とら》のように不気味な存在であった。

危機はさらに追い迫ってきた。景春の与党が相模《さがみ》(神奈川県)でいっせいに立ちあがり、武蔵の名族豊嶋泰経《としまやすつね》が石神井《しゃくじい》・練馬《ねりま》の二城に拠《よ》り、その弟泰明《やすあき》が平塚《ひらつか》城(滝野川村上中里《なかざと》)にあって、ともに兵を挙げた。豊嶋氏はすでに衰えかけていた家名を立てなおそうとしたのだが、太田道灌に恨みをいだいていなかったとはいえない。豊嶋氏の勢力範囲にあった赤塚《あかつか》・志村《しむら》・稲付《いなつけ》、のちの道灌山(日暮里《にっぽり》台)などの砦《とりで》が道灌におかされてしまったからだが、その原因は江戸築城であり、思いがけないときに豊嶋氏の反逆を招くことになったわけである。

石神井・練馬・平塚の諸城は、江戸城の間近にある。この敵は江戸と川越《かわごえ》の交通を絶つものである。これに、相模で蜂起《ほうき》した景春の与党を加えて、江戸は腹背に敵をうけるという築城後はじめての危機に立たされた。

こうして古河公方と両上杉氏の抗争は景春の乱を引き金にして、関八州をさらに動乱につぐ動乱の卍巴《まんじどもえ》に入りくんだ戦野と化して、いっこうに果てる兆《きざ》しも見せなかった。それはまた、太田道灌がいやでも天下に武名をはせるべき正念場となった。

合戦の日々

太田道灌《おおたどうかん》を二、三千騎の将なりと書いたのは、詩人の万里集九《ばんりしゅうく》（周九《しゅうく》）である。万里は京都の相国寺《しょうこくじ》の雲頂院《うんちょういん》で学び、応仁《おうにん》の乱をさけて庵《いおり》を結んでいた美濃《みの》（岐阜県）の鵜沼《うぬま》から道灌に招かれて江戸城内に移り住んだ。その詩文集『梅花無尽蔵』に見られるとおり、道灌の身近で親しく知己を得た四歳年上の文人である。

万里がいう麾下《きか》二、三千騎はやや粗っぽい表現だが、本丸の四囲およそ四百間（約七二〇メートル）とみられる江戸城の城主は、当時かなりの兵力をもつ大身であったとみられよう。

道灌は、のちに甲斐《かい》(山梨県)武田《たけだ》の軍師山本勘助《かんすけ》が江戸城の結構をつぶさに調べて学んだと伝えられるほどの築城術の大家であり、兵を養い兵を用いることにかけても名うての巧者であった。

城内に弓場を設けて、毎朝、弓射に励ませる。これが毎朝のこととなれば、なまけものの出るのは人情である。彼はそのものたちから罰金を取り立てた。それをためておいて、試射会を催すときの茶菓にあてたという。心気のゆるみを戒めるために罰金を取り、たがいの技を競わせて兵力の向上をはかった点は、現今のプロ野球チームの罰金制度を思わせておもしろい。道灌はおそらく人心の機微を衝《つ》くことにたくみで、それを手中におさめることにかけては、たいそうな達人であった。月に三度、道灌みずからが太刀《たち》をふるって、部下の閲兵を行なった。道灌はこのようにして鍛えた精兵を、景春《かげはる》の乱によって修羅場《しゅらば》となった関東の諸方へくり出していった。

まず、景春の味方のひとつである相模《さがみ》の溝呂木《みぞろき》城を攻め取らせ、越後《えちご》四郎五郎の小磯《こいそ》城をおとしいれ、豊嶋泰明《としまやすあき》の平塚《ひらつか》城を攻め囲み、石神井《しゃくじい》・練馬《ねりま》の城から打って出た豊嶋勢を沼袋《ぬまぶくろ》・江古田《えごた》あたりで迎え撃ち、石神井城をほふり去る。つぎに叛将長尾《はんしょうながお》景春を追い、用土ヶ原の針ヶ谷に破って鉢形《はちがた》城へ逃走させた。これを見て、古河公方《こがくぼう》が数千の兵を率いて景春へ加勢した。しかし、文明《ぶんめい》十年(一四七八)正月、古河と上杉《うえすぎ》に和議が成り立つや、道灌はただちに平塚城へ襲いかかった。

豊嶋勢の敗色が濃くなると、景春は小机《こづくえ》城を救援しようとした。ところが、道灌の主人、扇谷《おうぎがやつ》上杉定正《さだまさ》に破られて成田《なりた》へ奔《はし》り、千葉孝胤《ちばたかたね》を頼る腑甲斐《ふがい》ない始末だった。じつは下総《しもうさ》の名族千葉氏にも内部抗争があって、孝胤は古河公方を頼り、武蔵《むさし》へ逃れていた千葉自胤《よりたね》は上杉に属していた。太田道灌は景春の乱を機に、国府台《こうのだい》につなぎ城を築いて、その年の暮れ、下総の境根原で千葉孝胤をおいにうち破った。景春の乱から三年有余、道灌は休むいとまもなく、関東の山野を駆けめぐった感がある。武蔵をはじめ、相模・上野《こうずけ》・下総へと桔梗《ききょう》の旗を押し進め、戦えばかならず勝った。

この常勝将軍を誇りにして部下の将士は言った。

「諸葛《しょかつ》武侯の再来なり」

事実、あっぱれなことに、道灌は江戸城へ敵の一兵たりとも寄せつけていない。城主みずから打って出て、江戸城には戦火の片影すら射させはしなかった。逆にいえば、江戸の台上に築かれたその城が名実ともに堅城であったことで、道灌は思う存分に兵を進めて各地の戦野で活躍できたのである。

「比年騒乱以来、王命を欽承《きんしよう》する者八州（関東）の内才《わずか》に三州（上・武・相）、三州の安危は武の一州に系《かか》り、武の安危はその一城に系る」

と詩人万里が見定めて詠《うた》いあげた江戸城は、たしかに、武蔵の危機を救い、関東の騒乱をさばいた武将太田道灌その人と一体をなしている。近世築城術の祖と認められ、甲斐の武田氏、越後（新潟県）の上杉氏と並びたてられる兵法「道灌流」の創始者太田道灌の、当時における輝かしい面目は、敵味方をも問わず、ひとしく賛嘆させずにはおかなかった。

それが証拠には、当家扇谷上杉の勢威は、大身である宗家の山内《やまのうち》上杉を抜き、赫々《かくかく》としてあらわれていた。道灌が一城を落とし、名をあげるたびに、彼を執事《しつじ》とする扇谷上杉は、宗家の声望を奪いながらふくれあがっていったのである。

反乱の将長尾景春はしぶとく逃げのびて、文明十二年正月、道灌の父道真《どうしん》の居館、武蔵国入間郡《いるまぐん》（埼玉県）の越生《おごせ》を襲って敗れ、秩父郡《ちちぶぐん》の日野城《ひのじょう》に拠《よ》った。道灌はまたしても日野を攻めて陥落させた。これを終止符として、時の将軍足利義尚《あしかがよしひさ》の許しのもとに、古河公方成氏《しげうじ》と上杉氏が正式に和睦《わぼく》したのはその年の二月である。どちらもすでに、いつ勝敗の決まるかわからない長期戦に倦《う》み疲れていた。

ついに平和が返ってきた、とみえたのはかりそめで、やがてまた全国にわたる戦国騒乱のときを迎えるのだが、それよりひと足早く危難が道灌の身辺に忍び寄っていた。

疑心暗鬼

太田道灌《おおたどうかん》が非業の死を遂げるのは、文明《ぶんめい》十八年（一四八六）七月二十六日のことであった。この日、主君上杉定正《うえすぎさだまさ》に招かれて相模糟谷《さがみかすや》の館《やかた》へ出向き、浴室で刺客に襲われたのだ。その原因については、明確を欠く諸説や憶測が交わされていてとらえにくい。

あえて確かな理由のひとつをあげれば、道灌の名声と勢威があまりにも強大になってしまったための恐れであろう。その最右翼にいたのは管領《かんれい》の山内《やまのうち》上杉顕定《あきさだ》であり、家臣のなかから落ち目の主家を見捨て扇谷《おうぎがやつ》上杉へ随身するものも現われたので、道灌の存在が不快でならなかったはずである。かつて道灌の忠告をいれずに景春《かげはる》の乱をおこしてしまった管領としての失策も、道灌に対する逆恨みのたねであった。また、道灌の活躍によって盛り立てられた扇谷上杉定正の存在も、顕定にはおおいに気がかりなところである。

古河公方《こがくぼう》と和睦《わぼく》したとはいえ、いつどこで、だれがどのようなかたちで反逆の烽火《のろし》をあげるかわからない不穏な時勢で、かりに、定正・道灌主従が宗家上杉の地位をねらおうとし、道灌の姻戚《いんせき》である長尾《ながお》景春がこれに荷担するような事態になれば、山内上杉の衰亡はさけようもない。

山内上杉顕定が先手をとり、恐るべき実力者太田道灌を「自他のじゃまなり」とみて定正にその誅伐《ちゅうばつ》をすすめたのか。「それならば、山内上杉をたおしてくれよう」と、関東鎮護のために両上杉の忠実な麾下《きか》としてはたらいてきた道灌がひらきなおって謀反にはしろうとしたのか。このあたりの消息は『関東管領記』や『鎌倉九代後記』の記述にそれらしくうかがえるが、山内に対する道灌の逆心は、廉直《れんちょく》な生き方をつらぬいてきた公的な立場をはずれすぎていてしっくりしない。ただ、道灌をめぐる両上杉の関係が、道灌謀殺の背景に微妙な動きを示していたことは確かであろう。

顕定は道灌を亡きものにしたかった。これに対し、定正は易々としてそのたくらみに乗るほど愚かではなかった。定正の人となりは、知恵も思慮もあり、部将をよくまとめ、合戦もうまかったと伝えられている。定正を扇谷上杉氏中興の祖である父、入道持朝《もちとも》に似ぬ暗愚の人とする説もあるが、そこには不本意な死に見舞われた道灌に対する、判官《ほうがん》びいきのきらいがありはしないだろうか。

さらに、江戸城それ自体が、人びとの恐れを生むほどに偉大な存在であった。

築城当初から、そこに拠《よ》る道灌にもし逆心が生ずればという仮説がささやかれるほどに堅固であった江戸城の要害が災いした。和議が交わされたのち、道灌は江戸城と川越《かわごえ》城を修復したもようである。江戸城は築城後も増強の手が入れられたし、一時的に平和が来たけれども、いつまた兵乱のときを迎えるか予測できないことはそれまでの経過が明らかに示しているし、城郭の補強はむしろ、心ある武将の当然の処置である。これが道真《どうしん》・道灌父子の山内上杉氏に対する抗戦の証《あかし》であるという風聞を生み、山内上杉顕定から扇谷上杉定正への問責の機をあたえたようである。

それこそ国家騒乱のもととおどろき案じた定正は、なん度か、道真・道灌父子に使者を立てたという。

われら父子、なんのための反逆か。

道真も道灌も、主君定正がそれを案ずるまえに、おかしな風評の出どころをさぐって正してほしかったにちがいない。太田父子に見せてしまった主君定正の不安が、緊密であった主従関係のひび割れを生んだことも事実であろう。だが、道真・道灌父子はじっさいに立ちあがったわけではなかった。これは、江戸城と太田道灌の両者が一体となったときに、どのような威力を発揮するかというおそれと声望が、道灌謀殺の事件の核になって腰をすえていると思う。扇谷上杉家中の朋輩《ほうばい》がそれをねたみ、主君定正がそれを案じ、管領山内上杉顕定がぜひともそれを取り除こうとしたところに、道灌謀殺の舞台構成が、虚実をつきまぜて仕立てられていったのだった。

もうひとつ、伊勢《いせ》新九郎長氏《ながうじ》という舞台裏の策士を見逃すことができない。文明八年（一四七六）、駿河《するが》の守護《しゅご》今川《いまがわ》氏の内乱において、道灌をたすけて功績のあった伊勢長氏は、駿河の興国寺《こうこく》の城主となって、時の流れをうかがっていた。関八州におこった古河公方と両上杉氏の騒乱は、長氏が勢力をひろげるための願ってもない隙《すき》であった。

しかし、長氏はまともに関東へ兵を送らなかった。かつて、たがいの器量を見定めることになった太田道灌が、関東ではだれしもが一目をおく文武兼備の傑物であることを長氏は承知していたからだ。正面から戦えば、かなりの痛手を覚悟しなければならない。それよりも上策は、謀略によって道灌を除くことである。長氏は多くの間者を武蔵《むさし》へ放った。

太田道灌が駿河に通じて上杉を滅ぼし、関東管領の地位を望んでいるといいふらした。これがどこまで確かなものかわからぬとしても、数年後の延徳《えんとく》三年(一四九一)、両上杉氏の不和と抗争につけ入って堀越《ほりこし》公方政知《まさとも》の子茶々丸《ちゃちゃまる》を殺し、伊豆《いず》(静岡県)韮山《にらやま》をおさえ、やがて小田原《おだわら》を奪って相模《さがみ》を平らげた梟雄北条早雲《きょうゆうほうじょうそううん》にふさわしい伝聞である。

目に見えぬかげのからくりで主君と離反させられていった道真・道灌父子は、はげしい憤りをおぼえながらも、そういうめぐり合わせに身を任せようとした。第一、定正の使者に対して、何ひとつ詫《わ》び言を返していない。けっきょく天命ここにいたるという諦念《ていねん》をいだいたのか、父子ともにその態度は潔い。つまり、もっとも危険なさなか、道灌はそれが主命であればさからうことなしに城を出て糟谷へ出かけて行ったし、道真もまた、道灌没後、復仇《ふくきゅう》の気配をみせず、越生《おごせ》の館《やかた》で高齢の身を静かに養った。

ただし、けっして臣下ののりをこえなかった道真・道灌が胸中ふかく押し殺したであろう太田氏の無念は、後日、道灌の一子源六郎《げんろくろう》資康《すけやす》によって晴らされようとした。資康は山内上杉に属して扇谷上杉定正に戦いをいどむのだが、彼が堅城江戸城を立ち去ることになったのは、道灌にすればこれ以上のなげきはなかったであろう。

その最期

道灌《どうかん》の最期についても、その説はまちまちである。

道灌は糟谷《かすや》の館《やかた》で定正《さだまさ》の討手をうけたとき、すでにそれを悟っていたかのように敵とわたり合い、主家の手で滅ぼされるのは前世の罪障の報い、世をも人をも恨みはせぬと切腹する。いや、道灌の死所は、館から逃げ出た近くの金造寺《きんぞう》である、とも説かれている。

浴室で槍《やり》を突き刺された際、敵にこういうときでも歌が詠めるかと問われて、道灌は辞世を詠んだ。

きのふまでまくまうそうを入れおきし
へんなしぶくろ今破りけり

「まくまうそう」とは、莫妄想のことで、これは歌人としてもすぐれていた道灌らしいみごとな辞世のエピソードである。

以上の説話はそれぞれ道灌という人物の面目を伝えてくれているが、道灌は五十五歳、糟谷の定正館で白刃に倒れるという詩人万里《ばんり》の『梅花無尽蔵』の記述を尊重しなければなるまい。この記述を事実とし、その事実を踏まえれば、「太田《おおた》資武状《すけたけじょう》」によってもっとも真相に近い情景が浮かびあがってくる。

道灌は浴室へ入って湯浴《あ》みをすませ、小口のところまで出て来た。

ちょうどそのとき、太刀《たち》をふるって襲いかかったものがある。曾我兵庫《そがひょうご》といい、のちに川越《かわごえ》城の城代となる定正麾下《きか》の将である。

道灌は斬《き》られながら叫んだ。

「当方滅亡」

直後、息が絶えた。

この世に別れを告げたそのことばは、時勢を見とおす道灌のまとを射た予告となった。扇谷上杉《おうぎがやつうえすぎ》氏はほどなく、早雲《そううん》の子北条氏綱《ほうじょううじつな》によって江戸城を、つぎに川越城を攻め落とされて滅亡するのである。

江戸城には一時、資康《すけやす》の子、すなわち道灌の孫にあたる太田源六郎資高《すけたか》が移り住んだ。しかし、城代として迎えられたのではない。そのために、永禄《えいろく》七年（一五六四）、後北条氏にそむいて大敗し、ついに太田氏と江戸城のかかわりはまったく絶ち切れることになった。

やがて、小田原北条氏から徳川《とくがわ》氏へとうけ継がれていった江戸城は、数度にわたって大きくひろげられ、道灌時代の遺構はわずかに三日月濠《みかづきぼり》にうかがえるのみであるという。

築城から横死を遂げるまで、道灌が江戸城とともにあったのは、およそ三十年間である。そして、太田道灌を一代の英傑におしあげた名城は、逆に、彼を死地へ追いつめたのだ。その生涯《しょうがい》は驕傲《きょうごう》とはおよそ縁遠かったと思えるが、父道真《どうしん》があたえた「驕者不久」は、名将道灌と名城江戸城との密接なかかわりにおいて当を得た戒めになって生きている。そこにまた、非業の死をさけられなかった武将の悲劇の源《みなもと》があった。

長篠城

杉浦明平

すぎうら・みんぺい

1913年〜2001年。主な作品に「ノリソダ騒動記」「戦国乱世の文学」「華山探索」など。

司馬江漢の辿った道

海辺育ちのわたしには、子どものころから長い間、三遠信（三河《みかわ》・遠江《とおとうみ》・信濃《しなの》）国境、豊《とよ》川の上流や天龍《てんりゅう》川も佐久間《さくま》ダムのあたりはとてつもなく遠く深く険しい山中で、あんな不便きわまるところにどうして人が住めるのだろうかと思えてならなかった。その後、信濃の大町《おおまち》や木曾《きそ》の開田《かいだ》高原、飛騨《ひだ》の白川村などを訪れてみて、三遠信国境あたりはまだまだ深山幽谷の序の口にすぎないことを知った。

というものの、それは三信鉄道（いまのJR飯田《いいだ》線）が豊橋《とよはし》から伊那谷《いなだに》を経て諏訪《すわ》盆地に通じ、山岳地帯のいたるところに、自動車の走れる舗装された国道や一級県道や高速道路が発達したいまだから、そういえることであって、少なくとも江戸時代にはきわめて険阻で人煙まれな僻地《へきち》で、交通の困難さは木曾路にまさるとも劣らなかったにちがいない。木曾路はなんといっても中山道《なかせんどう》で、天下の街道だったが、このあたりには新城《しんしろ》から伊那谷へ出る山道のほかは道らしい道もなかったからである。

江戸時代も中ごろを過ぎた天明《てんめい》八年（一七八八）、東海道掛川《かけがわ》宿から秋葉《あきば》山を詣《もう》で、それより奥山半僧坊を経て三河国（愛知県）鳳来《ほうらい》寺行の山道をたどった司馬江漢《しばこうかん》は、『西遊日記』のなかで、ひとりの婆《ばあ》さんから、

「このあたりには、米とてはひと粒もない。ヒエ・麦に芋《いも》の飯にいたします。そのうえ塩は払底、味噌《みそ》など手に入れにくく、生魚《なまざかな》などは見たものひとりもございません」

という嘆きを聞かされている。犀《さい》川・天龍川を難儀して渡って、山また山を越え、カウレ峠《とうげ》・座頭転《ざとうころばし》・四十四曲坂《まがさか》など、名前を聞いただけでいかに険阻な道か察せられる三河・遠江（静岡県）境の一里半（五十町を一里として）の大難所を過ぎて、大野《おおの》（現新城《しんしろ》市／旧愛知県南設楽《したら》郡鳳来町）の町並みにたどり着く。そして鳳来寺山に参拝して、新城という人家の多い町やその下の野田《のだ》を経て、御油《ごゆ》でやっと東海道に出ている。もっとも新城まで下がれば、江戸育ちの江漢もほっとひと息つくことができた。

それはともかく三遠信の国境あたりは、江戸時代にも難所中の難所だったことだけはわかろう。

ところが、それより二百年のむかし、この険阻をきわめた山道と深い渓谷《けいこく》との連なる三遠信の国境を、数千の騎馬武者を中核とした一万五千人の大軍勢が再度にわたって進軍してきたということは、ふしぎでしかたがない。三方原《みかたがはら》の大勝後、天正元年《てんしょう》(一五七三)に武田信玄《たけだしんげん》が野田城を囲んだのは宇利峠《うりとうげ》越えだったが、天正三年にその子武田勝頼《かつより》は大軍を率いて、その大難所から豊川の形成した平野部に攻めくだったのである。

もっとも江漢が、鳳来寺に詣でたのち、二度にわたる武田軍の古戦場野田や長《なが》篠《しの》のそばを通りながら、徳川家の運命を左右した歴史的合戦について一言もふれていないのは、この蘭《らん》学・蘭画の大先達が根っからの平和主義者で、戦争に興味をもたなかったせいではなかろうか。

それはともあれ、鳳来寺山から新城までおりてくると、いっきょに東海道に近い文明開化の地域に出た思いがしないではない。その三遠信国境、つまり伊那谷・奥山半僧坊・佐久間ダム、井伊谷《いいのや》などから、気候よく平らかで豊沃《ほうよく》、しかも東海道を東西に断ちきる東三河に出る咽喉首《のど》の役割を果たしているのが、鳳来寺山のふもとの長篠台地なのである。そこに長篠城が建てられていた。

野田城の守り

いま、鳳来寺《ほうらいじ》や長篠《ながしの》を訪れるとしたら、司馬江漢《しばこうかん》のたどった秋葉山《あきば》―奥山―鳳来寺の険しい山道を経由することは、よほどの物好き以外にはあえてしないだろう。武田《たけだ》勢の一部と同じく飯田《いいだ》線で信濃《しなの》から伊那谷《いなだに》沿いに南下する人もないではないが、大部分は織田《おだ》・徳川《とくがわ》連合軍と同じく、豊橋―豊川《とよ》―新城《しんしろ》とのぼって長篠城址《じょうし》に達するだろう。

しかし豊川市を過ぎて新城市の町並みに入るまえ、右手に雑木の茂った台地に立ち寄ってゆく必要があろう。それは野田城址《のだじようし》なのである。野田城包囲戦は長篠合戦の前哨《ぜんしよう》戦というべき一戦だったし、この対陣中に織田信長《のぶなが》の目の上のたん瘤《こぶ》だった武田信玄《しんげん》が死没したからである。

元亀《げんき》三年（一五七二）十二月、遠州に進出して三方原《みかたがはら》に徳川家康《いえやす》をおびきだしてさんざんに撃ち破った武田信玄は、命からがら浜松城に逃げ込んで守りをかためるに汲々《きゆうきゆう》として、あえて再度の戦意を示さぬ家康をそのままにしておいて、あくる元亀四年（のちに天正《てんしよう》元年と改元）一月、宇利峠《うりとうげ》越えで、遠江《とおとうみ》から三河《みかわ》に大軍を進めた。宇利峠なら、江漢の通ったような難路ではなく、低い峠だから、武田勢はやすやすと越えることができた。

三河は徳川家康の領土だったが、奥三河はすでに武田方に制圧されて長篠城も武田に属していた。東海道の要衝吉田（豊橋）も武田軍がすでにおさえていたから、宇利峠を越えて南下すれば、飯田街道は完全に武田方の動脈と化して、吉田城の武田軍はいつでも援軍がうけられる。ということは、浜松城に立てこもる家康は真の根拠地である岡崎《おかざき》地方との連絡を遮断《しやだん》されて、自滅するおそれさえあったという意味である。

ところが信玄が三河に進出してみると、豊川の対岸に野田城《のだ》が頑《がん》としてひかえていた。野田城は、それほど大きな城ではなかっただろう。いま、行ってみればわかるとおり、台地というより塚《つか》というのがふさわしい程度の台地で、古代の前方後円墳ならこれよりはるかに大きいのがいくらでも見られよう。しかし、いっぽうが豊川にのぞむ断崖《だんがい》、両側が沼田で、騎馬隊を主力とする武田軍がいっきょにもみつぶすには、かならずしもつごうよくはなかった。そうかといって、何百人立てこもっているかわからぬこの城を、そのままにして南下したら、いつ背後から襲われるかしれぬという不安があった。慎重・堅実な信玄は、この小さな野田城の前で立ちどまった。

野田城をあずかっていたのは、菅沼定盈《すがぬまさだみつ》だった。定盈は、馬に乗るときは、台石の上からでないとよじのぼれぬほど背が低かったけれど、がんばり屋で、要害堅固な地勢を利用して、武田の大軍を寄せつけなかった。

とくにこの城には、家康からとどけられた十三匁の狭間筒《はざまづつ》二梃《ちょう》がそなえられていて、鉄砲の名人鳥居三左衛門《とりいさんざえもん》が台にのせて、近づく武田軍にぶっ放した。この当時の鉄砲には、二匁八分から三匁くらいの鉛や銅や、ときには陶製の弾丸を用いるのがふつうだったのに、三左衛門は十三匁という大きな弾丸をぶっ放すのだから、殺傷力も大きかっただろうが、それよりも轟音《ごうおん》のすさまじさに武田勢はおどろいた。包囲戦だから、戦闘が一段落すると、包囲する武田勢のなかから、「めずらしい鉄砲だ、見せてくれ」と呼びかけた。

三左衛門は城中から塀覆《へいおお》いの上に差し上げて、「よく見てくれ」と答えた。武田軍はその鉄砲の筒口の大きさに感嘆した。信玄もそれに感心して、猩々緋《しょうじょうひ》の陣羽織《じんばおり》を三左衛門に贈った。戦争といいながら、のんびりムードがあった。

しかし城が一気に攻略できないとみるや、信玄は、つねに従軍させている甲州（山梨県）得意の金掘り人夫を使って、城の三方からひそかに掘り方を命じた。金掘り人夫は地下水の道にもくわしいから、たちまち水の手を断ち切ってしまった。井戸の水が涸《か》れてしまって、断崖の下を豊川の清流が滔々《とうとう》と流れていても、汲《く》み上げる手がない。城兵たちは「天下の名将軍武田信玄公が、こんなちっぽけな城を攻めあぐんで水攻めとは卑怯《ひきょう》であろう」と包囲軍によびかけた。

武田軍も、いずれ開城するのを見こしていたから、「人数を知らせよ」といってくる。「三千人いるぞ」と答えたら、一日ひとり三椀《わん》のわりで水を補給してくれることになった。城壁の下におろしたつるべに水を汲み入れてくれる。つるべに銭を入れておろすと、武田の兵卒も心得たもので、それだけ余分に水をくれた。ずいぶん牧歌的な話である。もちろん、せまい野田城に三千人の士卒が立てこもれるわけはない。じっさいは二、三百人だった。武田方でも、そのくらいのことは読んでいたから、敵に水を送ったのである。

ところで野田城内には村松芳休《むらまつほうきゅう》という笛の名人がいた。包囲されても毎夜笛を吹くと、武田方の大将らしい人物が、かならず城の近くにきて、床几《しょうぎ》に腰かけて、芳休の笛の音に聞き惚《ほ》れるのを城内でも気がついた。そこで昼のうちに、十三匁筒をしかけて、ねらいを定めておく。

運命の二月九日の夜、芳休の笛がはじまると、いつもの場所に大将らしい人物が来て、床几に腰かける。鳥居三左衛門が鉄砲をぶっ放した。「大将が撃たれたぞ」という声がして、武田の陣営が騒々《そうぞう》しくなった。もっとも総大将武田信玄が撃たれた、というのは伝説にすぎないらしいが、野田城攻囲中に信玄が卒去したことは、ほぼまちがいない。結核かガンか脳溢血《のういっけつ》か、病死というほうが真相に近いようである。

というのは、孤立無援で水の道を断たれたため、野田城主菅沼定盈が城を明けわたしたのは、その翌日の二月十日だったが、定盈は切腹さえ認められず、長篠城の座敷牢《ろう》に投じられたからである。もし信玄が野田城内からの鉄砲で撃ち殺されたのであったら、報復のために野田城主どころか、城兵もひとり残さず屠《ほふ》り去られたにちがいない。それなのに、そういう報復的行為はなにもなされなかったのである。

しかし破竹の勢いで進撃していた武田軍が野田城占領とともに、旗を巻いて甲州に引き揚げたことは確かである。そして信玄の葬儀が執行されたのは、長篠の惨敗後一年たっての天正四年（一五七六）四月十六日だった。

若き城主奥平九八郎

信玄《しんげん》の子武田勝頼《たけだかつより》は、歌舞伎《かぶき》の「本朝廿四孝《ほんちょうにじゅうしこう》」では、美女八重垣《やえがき》姫と恋をする若い凛々《りり》しい美青年で、勇猛な武将のおもかげは露ほども見えない。が、父信玄が知勇を兼備した司令官だとしたら、勝頼はお坊ちゃん育ちの、剛猛《ごうもう》果敢な若大将だった。

勝頼は父の死を秘したまま、武田の宿将を率いて、天正《てんしょう》二年（一五七四）には西三河《みかわ》の足助《あすけ》城、馬場美濃守信房《ばばみののかみのぶふさ》に命じて、美濃（岐阜県）南東部の明智《あけち》の城を陥落させるいっぽう、みずから遠江《とおとうみ》の高天神《たかてんじん》城を攻略した。

高天神の城は、父の信玄でさえ陥落させることのできなかった要害堅固な城だったのに、これを一気に攻略したのだから、血気さかんな勝頼の意気天をついたといっても、ふしぎではなかろう。彼はこの勢いに乗じて、父の宿願だった上洛《じょうらく》を果たし、天下に号令しようという野望に燃えあがった。そのためには奥三河に滲透《しんとう》して、そこから豊川《とよ》沿いに吉田（豊橋）を中心とする東三河に攻めくだり、徳《とく》川家康《がわいえやす》の領地を分断したうえ、東海道を都へ向けて進撃しなければならぬ。途中に立ちふさがる徳川・織田《おだ》軍のごときは、いままでしばしば衝突したが、わが武田軍の前にはいつも鎧袖一触《がいしゆういつしよく》だった。

勝頼の命令に従って、武田家に属する部将たちは、それぞれ部下の精鋭を率いて、三遠信それぞれの険しい山道を経由して、三河に侵入しはじめた。天正三年初夏の候である。

織田信長《のぶなが》をバックに武田勢の重圧をはね返そうとしてきた徳川家康は、武田軍の進出を予想していた。高天神の城は、織田軍の救援が間に合わなかったばかりに、もろくも陥落した。織田信長も最近の武田側の動きからみていずれ豊川渓谷《けいこく》へ甲州勢が攻めくだることを予測していた。

もともと野戦では織田軍といえども、武田の騎馬集団にはとても敵しがたかったのだから、ここで家康が敗れれば、織田の領国美濃・尾張《おわり》（愛知県）は東北だけでなく、南からも締めつけられて、すこぶる守りにくく、とても畿内《きない》へ進出して天下を平定するどころではなくなるからだった。信長が三河路で武田勢力をくいとめるために全力をあげて家康を応援する決意をしたのは当然のことであろう。

ところで家康は、いち早く奥三河と三河平野とをつなぐだけでなく、遠江・甲斐《かい》（山梨県）・美濃・信濃《しなの》（長野県）に通じる街道筋の要衝たる長篠《ながしの》城をおさえていた。三年まえ武田信玄が野田《のだ》城を囲んだとき、長篠城は武田家に服属する菅沼《すがぬま》氏が守っていたから、信玄にとって、事は簡単だった。信玄の頓死《とんし》がなかったら、このとき、三河全国が武田軍の馬蹄《ばてい》に蹂躙《じゅうりん》されて占領されていたかもしれない。しかし信玄の遺骸《いがい》を擁して武田勢が引き揚げるや、ただちに野田城はもとより、長篠城も攻め落としたのは、さすがに名将家康だけのことはあった。

家康は、天正三年二月、三遠信国境地帯の情勢が危険に瀕《ひん》したとみると、いままで城をあずかっていた老将の替わりに、わずか二十一歳の奥平《おくだいら》九八郎貞昌《さだまさ》（のちの信昌《のぶまさ》）を城主にして、最新式鉄砲二百梃《ちょう》を贈った。

長篠城の重要さは、地図で見ても察せられるが、現地を訪ねてみればいっそうはっきりわかる。というのは、東三河には豊川というひとつの川が大動脈としてだけでなく、あらゆる毛細血管・支流をうけ入れて流れており、この豊川のこしらえた平野の上に古代からの三河の生活と文化が成り立ったのだが、山地と平地の咽喉《のど》チンコのところに長篠城が位している。奥三河の山々の水を集めて西南の三河湾に向かって流れ下る宇連川《うづれ》（いまの豊川上流）と寒狭川《かんさ》というふたつの大きな川が合流することによってかたちづくられた鋭三角形の台地に長篠城が建てられていたのである。

その台地は、いま仏法僧で有名な鳳来寺山《ほうらいじ》の西南端に位置している。その鳳来寺山は、家康にとっては、縁起のよい山だった。海抜六八四メートルの鳳来寺山はけっして高山ではないけれど、太陽の強烈な東海地方の平野地帯からすれば、夏なお涼しい深山であることはべつとして、家康の父松平広忠《まつだいらひろただ》は、子どものないのを嘆いて、北の方《かた》とともに、この山頂近くにある煙巌山《えんげん》鳳来寺にこもって、峯薬師《みねやくし》に子種《こだね》を授けたまえと祈りつづけたある夜、北の方の夢枕《ゆめまくら》に老翁が現われて金の珠《たま》を授けたと見て、みごもり、やがて生まれたのが家康だったという、いわく因縁のある山だった（三代将軍家光《いえみつ》は、『東照宮縁起』を読んで感激し、鳳来寺の建物を修理したうえ、鳳来山東照宮を建てさせた）。

ところで、その長篠城の守りを委託された奥平九八郎の立場もけっして単純ではなかった。もともと奥平家は長篠よりさらに山深く信州境の作手《つくで》の城主だった。そして田峯《たみね》・長篠の両菅沼氏とともに奥三河山家《やまが》三方といわれ、今川《いまがわ》氏の下で奥三河を三分していたが、今川義元《よしもと》戦死後、徳川家についたが、元亀《げんき》元年（一五七〇）、武田信玄の部将秋山信友《あきやまのぶとも》が伊奈《いな》から侵入するや、東三河家三方ともに武田の軍門に降った。奥平貞能《さだよし》も手兵わずか二百だったから、次男でわずか十歳の仙丸《せんまる》と一族の娘など三人とを人質として甲州に送り、元亀三年の信玄西征のさいは、その尖兵《せんぺい》として徳川軍と戦い、三方原《みかたがはら》の合戦でも功績をたてた。

が、天正元年、野田城攻囲中、武田信玄が死去して、武田軍が信玄の喪を秘しながら引き揚げるや、徳川家康はいったん奪われた奥三河をとりもどそうとして、長篠城を攻略した。それにつづいて、織田信長の指令によって、家康は前夫人築《つき》山御前《やま》に生ませた長女亀姫《かめ》を奥平貞能の嫡子貞昌（のちに信昌）に婚嫁せしめるという条件で奥平の懐柔に成功した。

しかしそのことはすぐに武田方に察知された。人質の三人の少年少女は、甲州からわざわざ三河まで連行されて、見せしめのため、鳳来寺の金剛堂《こんごうどう》の前で磔《はりつけ》にかけられるいっぽう、奥平一家は長年の根拠地である作手城を攻められて命からがら家康の庇護《ひご》を頼って岡崎《おかざき》近くへまぬかれた。

家康が武田の大軍をくいとめるべき大役とともに長篠城を委ねたのは、根城を失ってもはや徳川家と生死をともにする以外に道のない二十一歳の奥平九八郎であった。

長篠城の広さは東西二町五十間（約三〇八メートル）、南北二町十間（約二三六メートル）。本丸は東西四十間（約七二メートル）、南北二十五間（約四五メートル）で、城郭内の西北に位して寒狭川にのぞんでいる。二の丸・三の丸（瓢丸《ふくべまる》）・八丁曲輪《くるわ》・弾正《だんじょう》曲輪・野《や》牛《ぎゅう》曲輪などが付随して、それぞれが幅・深さとも五間または六間（一〇メートル前後）の濠《ほり》で隔てられていた。そして城全体が竹や木の茂る土手に囲まれていた。しかも宇連川は東から流れきて城の東部をめぐり、寒狭川は北西からきたって城の南部をくぎり、南の野牛曲輪の下で合流して豊川となる。この合流するところを渡合《どあい》といっている。どちらの川も、幅二十～三十間から四十～五十間（三六～九〇メートル）に及び、断崖《だんがい》の高さ三十～四十間（五四～七二メートル）、水深七～八間（一三メートル前後）、河中ところどころに巨岩《きょがん》が横たわって激流がこれにぶつかって白い泡《あわ》を沸騰《ふっとう》させていること、いまでも変わらない。

天正三年二月二十八日、奥平九八郎は長篠城に入るやただちに兵員五百余人を指揮して濠を浚《さら》い、土塁を築くのにつとめた。ただ前年家康の領国遠江（静岡県）が凶作で食糧が不足していたから、家康は信長に請うて、兵糧代《ひょうろう》として黄金二袋と江州米二千俵を借りうけた。そのうち三百俵の米が武田勢出現の前夜、長篠城に運び込まれた。

鳥居強右衛門

武田勝頼《たけだかつより》の率いる甲斐《かい》・信濃《しなの》・上野《こうずけ》（群馬県）の精鋭二万（今日の研究の成果では実数一万五千）がぞくぞく山奥から現われて長篠城《ながしの》を包囲したのは、梅雨《つゆ》のじとじとする五月六日だった。

攻撃は八日に開始された。武田勢は鉄砲を撃って城に迫ったが撃退される。翌九日も攻めたてたが、やはり撃退される。というのは、家康《いえやす》から贈られた二百梃《ちょう》の鉄砲の一斉《いっせい》射撃がものをいって、正面から攻めきれなかったのである。一日おいて十一日の薄暮には渡合《どあい》を渡って崖《がけ》をよじのぼろうとしたが、野牛曲輪《やぎゅうくるわ》を守る城兵は大石や巨材を投げおろしたので、武田軍は一歩も城内に入ることなく退く。翌十二日には攻囲軍は大手門外に迫る陽動作戦とともに、野田《のだ》城攻囲のさい地下水路切りに成功した金山掘り部隊に地下に坑道を掘りすすめさせたが、守備側でもそれを察知、対抗の坑道を掘って、地下でぶつかったが、これも奥平《おくだいら》方の勝利に終わった。

ついで十三日夜、武田側は名将馬場美濃守信房《ばばみののかみのぶふさ》たちが瓢丸《ふくべまる》を夜襲、ついにこれを奪取した。ここは食糧倉庫だったから、五百余人の城兵にとって致命的損害だった。

武田勢も、食糧倉庫を奪った以上、力攻めはむだな損害を増大するのみと考えて、城の周辺に柵《さく》をめぐらし、河中に縄《なわ》を張りめぐらして鳴子《なるこ》をつけて、一兵も這《は》い出ることのできぬようにした。二百梃の鉄砲も遠くをとり囲む敵には役に立たなかった。城将奥平貞昌《さだまさ》には、食糧の尽きないうち、救援を家康に求める以外に手段がなかった。この密使には鳥居強右衛門勝商《とりいすねえもんかつあき》がえらばれた。強右衛門は、どうやら長篠近在に百姓として生まれたが、相撲《すもう》が強かったために、いつごろからか奥平家に召使われて、足軽《あしがる》の組頭《くみがしら》かそれとも最下級の徒士《かち》だったようで、三十六歳の働き盛りだった。

瓢丸を奪取された翌十四日の夜、強右衛門は不浄口からとび出、断崖《だんがい》を這いおりて、渡合の激流に躍り込んだ。折りから五月雨《さみだれ》の季節で、十四日の月も雨雲におおわれて暗いのは幸いだったが、連日の雨に奥三河《みかわ》の山々の水を集めた濁流が渡合でぶつかり合い、さか巻いていた。

ふくれあがった川の水底をくぐって浮き上がって息を吸おうとすれば、たちまち網にふれて鳴子が鳴りわたる。甲州勢の見張り数人が断崖の上から手燭《てしょく》を掲げてのぞいたが、四〇メートル下の深い川面に明りがとどくわけがない。強右衛門が、網を切り捨てれば、鳴子はとまる。

「スズキ(鱸)がのぼってきたのか、丸太でも流れてきたんだろう」とのぞいただけで引き返す。

強右衛門は激流に流されるように五キロほど川下まで泳いで上陸、約束の丘の上から脱出成功の合図の狼煙《のろし》をあげるや、夜を徹して岡崎《おかざき》に走った。長篠城から岡崎まで約五〇キロ。十四日の夜、岡崎城にたどり着いたとき、そこには主君家康だけでなく、織田信長《おだのぶなが》も大軍を率いて待機していた。

長篠城が包囲されたとき、家康は浜松城にいたが、ただちに特使を岐阜の信長に急派、後詰《ごづめ》を請うとともに、自分は手勢を率いて、岡崎に移動した。

織田信長は、これよりさき、悠々《ゆうゆう》と二か月ほど京都で今川義元《いまがわよしもと》の遺児今川氏真《うじざね》の蹴鞠《けまり》を見物したりしていたが、四月二十八日岐阜城にもどったばかりだった。やはり武田の大軍南下の情報を得たからであろう。しかし五月十日に家康の使いが来て援軍を請うても、信長は近畿《きんき》の情勢が切迫していることを口実に、容易に応諾しない。

そして信長が柴田勝家《しばたかついえ》・羽柴秀吉《はしばひでよし》・佐久間信盛《さくまのぶもり》たち重臣とひらいた会議でも、

「武田勢にはとても歯が立たぬ。徳川《とくがわ》殿に義理を欠いても、応援を見合わせるか、それともなるべく遠くに陣を張って、武田軍とじかにぶつからぬようにすべきだ」

という弱音が多く聞かれた。——そしてその内容が武田の間諜《かんちょう》たちの耳に入って、鳳来寺《ほうらいじ》山の下、長篠城を俯瞰《ふかん》する医王寺《いおうじ》山の武田勝頼の本営に伝えられた。

じっさい、三方原《みかたがはら》の家康だけでなく、昨年東美濃では、馬場美濃守の千騎に足らぬ騎馬隊のために、一万近い信長勢がさんざんに蹴《け》散らされて、甲州軍の強さを身にしみて味わわされたばかりであった。武田軍に対していかに強いコンプレックスを信長がいだいていたかは、勝頼没落後、信長が武田関係者をしらみつぶしに殺しつくそうとした執拗《しつよう》さにもうかがわれる。

ふたりめの特使、長篠城を守る貞昌の父奥平貞能《さだよし》の強硬な申し入れに屈したかたちで、信長はようやく後詰の件を承諾、十三日に三万の大軍を率いて岐阜を立ち、十四日夕方、岡崎城に入った。しかし十日に援軍を承知して十三日に出発するまで二日間に、柵《さく》木三万本、縄《なわ》六千把《ば》を用意させたところから考えれば、信長はとうに長篠城付近の地理・地勢を研究しつくして、武田軍に対する新戦術を立てていたとしか思えない。

鳥居強右衛門は、信長が到着してまもなく岡崎城にたどり着いて、家康が援軍大挙出動と聞くや、ただちに引き返して十六日の朝には、約束の山から援軍来たるの狼煙をあげたのち、長篠城にもぐり込もうとしたけれど、攻囲軍につかまってしまった。

「援軍来たらず、一刻も早く城を明けわたすようにいえば、一命をたすけてやろう」という武田方の約束をのんで、強右衛門が長篠城の大手門前に立つや、「織田殿五万の大軍を率いて来援、信忠殿《のぶただ》の先手は一宮《いちのみや》・本野原《ほんのがはら》に満ち満ちていますぞ、がんばりたまえ」と叫んで、磔刑《たっけい》になったことは有名である。長篠城の戦における最大のヒーローはこの鳥居強右衛門といってよかろう。

設楽原の決戦

いっぽう、織田信長《おだのぶなが》は五万（じつは三万）の大軍に岡崎《おかざき》で徳川《とくがわ》軍八千を加えながら、進軍は遅々としてはかどらない。岡崎を発して十六日牛久保《うしくぼ》に、十七日野田《のだ》城に、十八日やっと長篠《ながしの》城の西方約一〇キロの丘陵地帯に到着した。一日一〇キロちょっとしか進まない。いかに信長が武田《たけだ》軍におびえているか、信長は前々から盛んに宣伝して、武田の放った間諜たちの耳に入れているのを証明している行進ぶり。しかも最前線にあたる設楽原《したらがはら》西側の弾正山《だんじょうやま》には徳川家康《いえやす》軍八千人を約四キロにわたって布陣させ、織田勢のなかから佐久間信盛《さくまのぶもり》が設楽原全体を横から俯瞰《ふかん》できる丸山に陣をとっただけで、織田軍全体ははるか後方の天神山《てんじんやま》・御堂山《みどうやま》・茶臼山《ちゃうすやま》にひかえ、信長自身はさらに後方の極楽寺《ごくらくじ》前に本陣を置いた。

万一、前線が破れたら、まっさきに退却できる構えで、布陣を終えても、戦をしかけようとせず、近所の百姓をかり出して、降りず降らみずの五月雨《さみだれ》空の下を弾正山のふもと、連子川《れんごがわ》の西に三万本の木で三重の柵《さく》を立てさせるのにひたすらだった。数か所の出入口は内側から自由に開閉できるようにした。武田軍を恐れて、ひたすら守りかためているようにみえた。

信長が武田軍におびえきって戦意を喪失しているという再三の情報に、気負い込んだ武田勝頼《かつより》は、部将たちの反対を押しきって、織田・徳川連合軍をいっきょにたたきつぶそうと、医王寺山《いおうじやま》の陣を引き払って弾正山台地と相対する信玄台地《しんげんだいち》に進出した。

このふたつの台地の間に、いまでは豊かな稲田となっている設楽原が連子川という小川の両側に湿地帯となってひろがっていた。五月雨がつづいていたから、つねよりもぬかるみかたがひどかったはずだ。もっともその設楽原も連子川が深い谷川となって飯田《いいだ》街道の下をくぐるあたりまでくれば、かなりのひろがりをもっているけれど、家康の本陣と武田方山県昌景《やまがたまさかげ》の陣地の間は三〇〇メートルそこそこで、呼べば声が聞こえるほどの距離である。

五月二十一日は連日の小雨が前記のどしゃ降りを境にすっかりあがってむし暑いが、久しぶりに晴れあがった。信長は天気の晴れるのを待っていたのかもしれない。ともかく二十日の夜、どしゃ降りをおかして、徳川の宿将酒井忠次《さかいただつぐ》は二千五百人を率いて山道をよじのぼり、二十一日払暁、長篠城を東南方七〇〇メートルから見おろしている鳶《とび》ノ巣《す》山の武田兵庫頭信実《ひょうごのかみのぶざね》の砦《とりで》を三方から奇襲、これを攻略したのが最初の戦闘だった。大久保彦左衛門《おおくぼひこざえもん》が十六歳でこの戦に初陣、手柄を立てたというのは講釈師の創作だそうだ。が、その勝敗の報がどちらの本営にもとどくよりさき、設楽原でも戦の火ぶたが切って落とされたのである。

まず設楽原の南の端にあたる川路《かわじ》に布陣していた大久保七郎《しちろう》右衛門忠世《えもんただよ》・同治《じ》右衛門忠佐《えもんただすけ》の兄弟が夜明けから連子川の険しい崖《がけ》をおりて対岸によじのぼって武田勢に挑戦《ちょうせん》、勝楽寺で激戦を展開した。そして大久保隊が、北の方へ退けば、武田勢はこれを追って、連子川渓地と三重の木柵の方へ誘い込まれてゆく。おとり作戦であった。

こうして四キロにわたる戦線の各所で、徳川勢が木柵の出入口から打って出れば、信玄台地から武田勢が駆けおりてこれに猛襲を加える。たまりかねた徳川勢は柵の内に退却する。武田勢は勢いにのって柵に向かって突撃する。木と縄《なわ》とで急造された柵でも、乗馬のままこれを突破することはむずかしい。しかもそのあたりは湿地で、五〇キロの重武装した男を乗せた馬はぬかるみに足をとられて進めない。

ためらうところを、一千梃《ちょう》の鉄砲がいっせいに火を吐く。当時の鉄砲の射撃距離は三〇メートルから五〇メートルくらいだったろうが、木柵はその有効さを計算したうえで建てられていたから、武田方はばたばた撃ちたおされた。

そもそも武田軍の無敵の強さは、重武装した騎兵隊が、相手の部隊を猛襲し、その重量とスピードとで、敵を縦横に粉砕したあとを、歩兵が整理してゆくことにあった。その技術は、文字どおり百戦錬磨《れんま》で、海道一の弓取りといわれた徳川家康さえ、歯が立たなかったほどである。信長は、その騎兵隊の威力を封じる方法をついに開発したのであった。そのためには、設楽原は絶好の実験地だった。武田軍をこの湿地帯におびき寄せなくてはならなかった。そのおびき寄せはまんまと成功した。しかも連日の雨があがった。火縄《ひなわ》銃は雨のなかでは火縄の火が消えるから、戦闘力ゼロとなるはずだったのに、晴れたから一〇〇パーセント有効だった。

武田方は、各部隊ごとに信玄台地を駆けおりて、木柵の外に出てきた徳川勢を攻撃する。徳川方も必死で応戦するが、敵軍を柵まで引き寄せるのが主要な目的だから、適当なときに柵の内に退却する。と、武田の騎兵集団はぬかるむ連子川を渡って進撃する。ようやく柵に達したとたん、一斉《いっせい》射撃をうけた。が、武田軍はけっしてひるむことなく、何回も何回も部隊ごとに突撃をくり返す。

主戦場竹広《たけひろ》で突撃した猛将山県三郎兵衛昌景は徳川方の大久保勢をたちまち撃ち破って、柵の近くに進出すると、本多《ほんだ》平八郎忠勝《ただかつ》が「銀の采配《さいはい》をふるうは山県三郎兵衛ぞ。他の千騎万騎よりあのひとりをねらえ」と号令した。

昌景めがけて一斉射撃、十六も弾丸が命中した。両腕とも撃たれて自由を失うや、采配を口にくわえて指揮をつづけたが、さらに鞍《くら》の前輪を貫いた弾丸が股《もも》から背に抜けた。ついに落馬して絶息した。昌景は、一枚あばらで小男でみつくちだったので、家来はその首をあげて甲州に持ち帰った。

甘利郷左衛門信康《あまりごうざえもんのぶやす》・真田源太左衛門尉信綱《さなだげんたざえもんのじょうのぶつな》・真田兵部丞昌輝《ひょうぶのじょうまさてる》兄弟・内藤修理亮昌豊《しゅりのすけまさとよ》など百戦不敗を誇っていた名将勇士がぞくぞく戦死した。が、三の柵まで進出できたのは土屋右衛門尉昌次《つちやうえもんのじょうまさつぐ》ひとりだけだった。が、彼もまたそこで戦死した。まるで鼠《ねずみ》落としにはまった鼠同然だった。設楽原を逍遥《しょうよう》すると、いたるところに、『甲陽軍鑑《こうようぐんかん》』でおなじみの武田の勇士たちの朽ちかけた墓碑に出くわす。

六十二歳になる武田方の老将馬場美濃守信房《ばばみののかみのぶふさ》は、決戦回避を主張したが勝頼に容《い》れられず、敗戦を見通した。二十一日の朝は、七百人の部下とともに佐久間信盛の占領している丸山を強襲、たちまち百余人をたおしてこれを追い落とす。そして戦場全体を俯瞰できる丸山上に陣を構えて、戦闘に加わらず、戦局の成り行きを見守った。

そして八時間にわたる血闘のあげく無残な大敗北と見きわめるや、殿軍を承って、勝頼の退却を援護し、勝頼が織田・徳川連合軍の直撃からほぼ完全に離脱したのを見とどけたうえ、長篠城の近く猿橋《さるはし》のほとりで戦死した。一万五千人の精鋭を率いて長篠城を囲んだ武田勝頼が三河《みかわ》境を越えて信州に逃れたとき、供をしたのはたったの四人だった。

武田勢一万五千人のうち、長篠攻めや設楽原合戦での戦死者一万人、敗走の途中、野伏に襲われたり餓死したりしたもの二千人、無事故郷までたどり着いたものはたったの三千人だった。武田氏は宿将勇士のほとんど全員を失って、このとき滅びたも同様だった。

織田・徳川連合軍も六千の死傷を出したとはいえ、その程度の損害はものの数はいっぺんに三千人ほどが討ち取られた。織田・徳川軍の死傷者は六百余人で、くらべものにならないほどの圧勝だった。

これはまさに長篠籠城《ろうじょう》の成功に起因していたといってよかろう。その功績によって、この年十二月、奥平九八郎貞昌《おくだいらさだまさ》は約束どおり家康の長女亀姫《かめ》と婚礼の儀を挙げることができた。

もっとも長篠城は守りには堅いけれど、領地を支配するにはかならずしも便利とはいえない。そのため亀姫帰嫁ののち、ここから豊川《とよ》を約四キロ下った設楽郡《したら》平井村郷ヶ原に新しい城を建築して、ここに移った。これが新城《しんしろ》である。功多かった長篠城は廃物になった。

いまではその長篠城の跡に長篠城址《じょうし》史跡保存館が建てられて、ここを訪れれば、長篠合戦の委細について知ることができる。そして豊川・寒狭川《かんさ》の合流するあたりを断崖《だんがい》の上から見おろせば、いかに要害堅固の城だったか、実感でき、むかしをしのぶことができるだろう。

高遠城

飯沢 匡

いいざわ・ただす

1909年〜1994年。児童番組の放送作家としても活躍。「鳥獣合戦」「夜の笑い」、小説に「腸詰奇談」など。

生まれぬはずの生家

いちばん最初に、江戸時代に流行《はや》った尻《しり》とり唄《うた》からはじめよう。それはつぎのようなものだ。

「牡丹《ぼたん》に唐獅子《からじし》、竹に虎《とら》、虎を踏まえた和唐内《わとうない》、内藤《ないとう》様は下がり藤《ふじ》、富士見西行《ふじみさいぎょう》、後ろ向き、むき身蛤《はまぐり》、馬鹿柱《ばかはしら》、柱は二階の椽の下、下谷上野《したやうえの》のさねかつら、桂《かつら》文治《ぶんじ》は噺家《はなしか》で、でんでん太鼓《たいこ》に笙《しょう》の笛、閻魔《えんま》は盆《ぼん》にお正月、お正月の七福神《しちふくじん》、神《じん》功皇后《ぐうこうごう》、竹内《たけのうち》、内田は剣菱《けんびし》、七ツ梅、梅松桜は菅原《すがわら》で、藁《わら》で束ねた投げ島田、島田・金谷《かなや》の大井《おおい》川、可愛いけりゃこそ神田から通う、通う深草《ふかくさ》百夜の情、酒と肴《さかな》は三百出しゃ気儘《きまま》、儘よ三度笠《さんどがさ》横ちょに冠《かぶ》り、かぶり縦に振る相模《さがみ》の女、女やもめに花が咲く、咲いた桜になぜ駒《こま》つなぐ、つなぐ大象毛綱《けづな》でとめる」

このなかに高遠《たかとお》城に関連したものが出てくる。というと、ちょっとしたクイズであるが、それはほかでもない「内藤様は下がり藤」という四番目の句なのである。高遠藩は江戸末期、内藤家を藩主としていただいていた。そして紋所が「下がり藤」であった。下がり藤は、本願寺《ほんがん》もそうだが、かなり普遍的であるにもかかわらず、藩といっても三万五千石の極小藩の内藤家の紋所として、かくも有名だったのはどういうわけか。

いま、みなさんは天皇家が観桜御会という園遊会を催し、その年の民間の叙勲者に陛下がおことばを賜わったりする場面をテレビニュースでご覧になるだろうが、この新宿御苑《しんじゆくぎよえん》は、もと内藤家の藩邸のあったところである。明治の初年、内藤家は持ちこたえられなくなったのか、これを皇室に献上したので御苑となった。それでも、この周辺にまだ領地が残っており、これを「内藤新宿」と俗にいった。現在の四谷《よつや》の信濃《しなの》町という町名も内藤藩、すなわち高遠藩が信濃国（長野県）の伊那谷《いなだに》にあったところからきている。

あの滝沢馬琴《たきざわばきん》も晩年、この信濃町界隈《かいわい》に住んだ。大正天皇の生母で明治天皇の愛妾《あいしょう》であった柳原二位局《やなぎわらにいのつぼね》も晩年、現在の文学座のある隣地に住んでいた。すなわち信濃町十番地で、いまはビルになっている。わたしはこの高遠城のある高遠町で生まれたと世の人に誤解されているらしく、かつて『週刊朝日』誌上に美しいカラー写真で、永六輔《えいろくすけ》氏の撮影によってわたしの生家なるものが紹介された。これはまったくの誤りであるが、この誤りは永氏を案内した高遠町の観光協会の係員の責任である。

わたしは和歌山県知事官舎で生まれたが、いまはそこは同市の中央郵便局と裁判所の敷地内にある。わたしは文芸春秋社の要請で、そこまで飛行機で飛び「私の生まれた場所」という写真を撮《と》ったことがあり、『オール読物』の昭和五十二年四月号のグラビア・ページに他の名士たちと載った。ちょうどロッキード事件のニュースたけなわだったので、郵便局より裁判所がよかろうと、後者の構内で、背景に和歌山城の石垣を入れて撮った。わたしの生家といって『週刊朝日』に紹介された家は、百五十年も経たボロ屋で高遠町が買い上げ観光資源として目下、宣伝している。

わたしは誤解されている生家なるものの実物をこの目で見とどけるために、ごく最近、こっそりと同町に行ってみた。それは、わたしの伯父《おじ》の伊沢修二《いざわしゅうじ》の生家にはまちがいがなく、大正年間、東京音楽学校の有志によって建てられた、大きな大きな碑が門前にあり、それを証明していた。家の前にこんなばかでかい碑を建てられては無遠慮な見物人が押しかけて来るので、そこに住んでいた人は耐えられなかったろうと同情した。いまは、のちにつけ加えられた土蔵などもとりこわし、嘉永《かえい》四年(一八五二)に伯父が生まれたころの江戸末期の下級武士の家の構造に復元してある。

四間《よま》の家で便所・湯殿などは別にあったのだろう。このあたりは城と同じレベルにあり、大手門の裏側の「からめ手門」の前にあたる。だから一朝有事のさいは警護に駆けつける護衛兵の役を、わたしの先祖たちはつとめていたのだろう。伯父の伝記をみると「二十俵二人扶持《ぶち》」、給人・無足の格式という薄給で軽輩に属していたようだ。しかし足軽は入れなかった藩校に通っているところをみると足軽よりは上役だったのか。

高遠から杖突峠《つえつきとうげ》をひとつ越した諏訪《すわ》出身の新田次郎《にったじろう》氏に聞くと、当時の下級武士はたいてい、三間《みま》の家に住んでいたので四間というのは、まだましだということだったが、祖父の文谷《ぶんこく》はとても二人扶持では食ってゆけず、アルバイトに画を描いて五月幟《のぼり》や凧《たこ》張りにまで手を伸ばしていたという。このボロ屋のあったあたりを「大屋敷」といって、その地名はいまも残っているが、新田氏のいう四間は「ましなほうだ」というのは、「大屋敷」のことなのか。

わたしは日本の西洋音楽教育の父といわれている「伊沢修二の生家」という観光協会の標示を見てふたたび誤りを発見した。そこにはわたしの父までこの家で生まれたことになっていたのだ。わたしの父伊沢多喜男《たきお》は、戦後はなくなった内務省官僚の大御所とか黒幕とかいわれたが、息子のわたしにいわせれば、軍閥ファッショを武官政治というなら政治の本来である文治——文官政治を貫こうと、最後まで軍人に立ち向かって抵抗した勇気のある人間である。ためにファッショの人びとからは「黒幕」とか「怪物」とかいういやな綽名《あだな》をつけられ、二・二六事件では危うく殺されかかったが、自分の育てた近衛《このえ》に懇望されて、いやいや貴族院議員から枢密顧問官になり、そこで最後の抵抗をやり死んだ。

高遠城址《じょうし》は明治四年（一八七一）の廃藩置県の結果、他の例にもれず、城はとりこわされ、いまは公園になっている。そしてそのなかに多くの碑が建っている。

伯父の伊沢修二の碑は特徴がなく、むしろ生家の前の碑のほうが大きい。父の碑は、いささか特徴がある。それは石組みの上にかなり大きな碑面があるが、それは刻字がなく、のっぺらぼうの無字の碑であるからだ。傍らにペンキの木札が立っていて由来が書いてあるが、要するに生きてるうちに頌徳碑《しょうとくひ》など建てられては困るという、父の反対を押しきって土地の有志が建てたのだ。つまり「無字なら頌徳にも宣伝にもならないから文句はないだろう」という土地側の言い分らしいが、結果的にはかえって宣伝効果は上昇している。謎《なぞ》にはだれだって挑戦《ちょうせん》したくなる。しかし木札の文章はあまりに名文で、現在のヤングにはチンプンカンプン、また父の評価も立身出世的人生観から出発している。父が建碑をいやがったのは、わたしにはなんとなくわかるのだ。

父は明治二年の生まれだから、ほとんど近代日本の歴史とともに歩んだ人間だ。旧封建時代の瓦解《がかい》の瞬間とともにこの世に生をうけた。父の一家は明治二年の版籍奉還とともに、明治政府から派遣された旧長州藩士たちによって、大屋敷の地から川向こうの板町という新開地に移住を余儀なくされた。そして町民からは差別されたのであるが、そこで生まれ六歳までいた父は、かなりの屈辱感をもったのは当然である。六歳、上京して長兄の伊沢修二のもとに引きとられ、お茶の水にできた日本ではじめての幼稚園に入り、つづいて福沢諭吉《ふくざわゆきち》の慶応義塾にすすみ新教育をうけた。

いまも城址公園の伯父の生家と同じ並びに旧藩校の進徳館《しんとくかん》が残っているが、伯父はここで勉学し漢学と洋学をやった。伯父は大学南校へ各藩から進貢生を出すのに、幸いにたったひとりの選に入り、それがきっかけで、明治政府の要員への道がひらかれた。

アメリカに留学して教育制度を研究しているうちに、音楽の重要性に気がつき、西洋音楽に深入りしたのだが、今回は高遠城についてだから、伊沢修二についてもっと知りたい方は、吉川弘文館刊の「人物叢書」第九十八、上沼八郎著『伊沢修二』をおすすめする。

さて父にもどるが、大屋敷から川向こうの新開地の板町というところに、新政府によって移住させられ、町民から差別をうけた父は、ほとんどこの町に愛着をもたなかった。兄弟もみなこの地を去ったので、両親が死ぬと、この町と一家とは墓があるだけの縁しかなくなり、ほとんど帰省ということがなくなった。

わたしの父はとくに、わたしたち子どもに愛郷精神など吹き込まなかった。むしろ「県人会」などというものは閥をつくるもとであるといって、みずからも加入しないし出席もせず、子どもには排撃すべきもののように教育した。ここらは福沢の影響であるらしい。

わたしは六歳にして高遠町を離れ、生粋の東京の山の手弁をしゃべった父と、茨城県の土浦生まれの深川育ちの母との間に生まれたので雑種であり、とうてい長野県人とはいえぬし、また和歌山市で生まれたりしても、三十日しか生活しなかったのだから、和歌山県人ともいえないのだ。けっきょく、東京っ子である。

父が建碑をことわった心持ちのなかには、幼時の差別と迫害からきた屈辱の怨《おん》念《ねん》がはたらいていたと思うのである。

わたしは無字の碑も先日、ようやく見た。もちろん除幕式のときに家族はまったく無関心で参列したものもない。だからわたしが知らないのは当然である。

城址公園に入ると入口に「天下第一の桜」という雄渾《ゆうこん》な字を刻した碑が建っているが、それは父の従弟《いとこ》の内田孝蔵という医学博士が自費で建てたものである。この内田博士は日本ではじめて二重瞼《ふたえまぶた》の手術を開発した人で、いまでいう美容整形外科のはしりをやって巨富を得た。その財力で建碑したが、町民はこの人を高く評価しないらしく、観光パンフレットも碑についてなんの説明もない。しかし美容整形もいまや世界的に認められている手術であり、その創始者の業績は顕彰してもよいと思う。

「絵島」と桜と

このところ急に高遠《たかとお》の名が日本人の間に知られるようになったのは、エロティシズムの流行ないしはテレビと関係がある。

まだ高遠はNHKの大河ドラマの舞台になったことはないが、それでも高遠にはテレビに出る可能性のある強力な遺跡がひとつあるのだ。それは徳川《とくがわ》家大奥の有名な挿話《そうわ》「絵島生島《えじまいくしま》」の主人公、絵島が流された先が、この高遠だったからである。

絵島は六代将軍家宣《いえのぶ》の妾《めかけ》の月光院《げっこういん》の女中としてつかえているうちに、月光院に寵愛《ちょうあい》され出世して大年寄の位に達した。家宣は薨《こう》じたが、その二年後の命日に月光院の代参として、芝増上寺《ぞうじょうじ》の廟所《びょうしょ》に詣《まい》った。これはいかに絵島が重く用いられていたかの証拠であるが、その帰途、山村座という劇場に行き、芝居見物をした。

当時の芝居は上等の客は芝居茶屋というところから見物席に入る仕組みになっていた。この制度はわたしの幼時、大正時代も厳然として残っていたくらいである。いまこの茶屋制度を残しているのは相撲《すもう》ぐらいのものであろう。大正十二年(一九二三)の関東大震災を機として、芝居茶屋の制度は吉原《よしわら》の引手茶屋とともに消えたといえよう。この芝居茶屋は男女密会の場所になっており、役者の売春にも利用されていた。

大奥は一種のハーレムであり、後宮《こうきゅう》であり、成り立ちからして「性」のうえに展開した生活である。美しい人が男性の寵《ちょう》を得て将軍の子を宿し、それが将軍の位置につけば御生母様ということで、栄燿《えいよう》に輝く一生を送ることができる。お局《つぼね》につかえる女中でも、局が将軍の寝室へ行くときは女中も従って次の間に控えているのだから、将軍がその気になれば女中に手が伸びることもありえた。

ここいらの消息は、数多くの小説家が大奥物語としてエロティシズムを前面に押し出して描いている。

この女性だけの男子禁制の世界の嫉妬《しっと》や競争、陰謀術策が渦《うず》巻く世界は、エロティシズムを歓迎した大衆の好みを満足させるに十分だったから、テレビも映画も手をかえ品をかえ映像化した。

戦後にいち早く、ここに目をつけたのは、あの吉屋信子《よしやのぶこ》女史であったが、吉屋氏のは、けっしてエロティシズムばかりの追及でなく、史伝として人間の葛藤《かっとう》に重きをおき芸術的価値の高いものであった。「大奥もの」というひとつのジャンルができたのは吉屋氏の開拓があったからであるが、その後ははなはだしく興味本位に堕してしまった。この「大奥物語」のなかの白眉《はくび》が、女中の絵島と役者生島新五郎との情事ということになっている。

考えてみると七代将軍家継《いえつぐ》様の御生母、月光院様の御代参で、前将軍家宣の墓に詣《もう》でた足ですぐ芝居見物（じつは役者との媾曳《あいびき》）というのは、不謹慎きわまりなく、かつ大胆な行動である。しかもこっそりとでなく多勢の女中衆を同行してるのだから、ずいぶんとおおっぴらだ。これは大奥の女中衆の口ききで、利権にあずかろうという政商たちの招待が多かったという時代背景を考えないと理解しにくい。

政商が、あらゆる手段をつくして、権力者に近寄るのは、あのロッキード事件を考えてもわかるとおりで、江戸中期も今日もすこしもかわっていない。だが調子にのっていると、かならず粛正の鉄槌《てっつい》がくだる。この絵島を血祭りにして綱紀の粛正をはかろうと幕閣の人びとは、突如として厳重な処分でこの事件を裁定した。

本来なら絵島は死罪であったが、将軍の御生母様の月光院の口ききで死一等を免じて遠流《おんる》ということになり、絵島は高遠藩におあずけの身となったのだ。ここにも高遠藩が、いかに江戸の豪華と奢侈《しゃし》の世界から、もっとも離れていた貧藩であったかという証左が現われている。絵島を小説にした人は、五指以上を数える。ある人は絵島はむしろ潔白で陰謀の犠牲者であったと、たいへん弁護している見方をしている。すでに二百五十年以上たっている歴史なので、どうにでも解釈できるともいえよう。女流歌人の今井邦子《いまいくにこ》は、早くから、この絵島に同情した歌をつくっている。

向う谷に日かげるはやし　この山に
絵島は生きの心堪えにし

この歌には、ちゃんと絵島の人生を見てとっているが、田山花袋《たやまかたい》の歌は、自然主義を主張した文学者にしては凡々《ぼんぼん》たるつぎのようなものである。

えにしなれや　もも年の後　古寺の
中に見出でし小さきこの墓

斎藤茂吉《さいとうもきち》の歌も案外、客観的で、今井邦子ほど絵島に迫っていない。

あわれなる流されびとの手弱女《たおやめ》は
嫗《おうな》となりてここに果てにし

われわれの心をうつのは、流謫《るたく》後の絵島の住んだ囲屋敷《かこい》での生活が、まことに神妙ですっかり高遠藩の人びとの同情を買い、藩が幕府に対して、「そろそろ許してやったら」と上申書を出していることである。しかし幕府は高遠藩の願いを却下した。そして、ついに三十三歳から二十八年間、幽閉生活をつづけ、今井邦子が歌に詠んだとおり「生きの心堪えにし」の生涯《しょうがい》を六十一歳で終わった。彼女は法華宗《ほっけ》を信じ同町の蓮華寺《れんげ》に葬られたが、その寺に幕府の検死役人と藩役人の一問一答が残っているのを見ると、流人生活中の絵島の生活態度はじつに見上げたもので、いっさい愚痴《ぐち》をこぼさなかったという。そんなことで赦免の願書が藩から上申されたものであろう。また美人であったからいっそうの同情が集まったものかもしれぬ。

高遠の人びとは絵島にたいへん同情的であったので、死後の二百二十七年目の昭和四十三年に、恋人生島新五郎の流された伊豆《いず》七島のひとつ、三宅《みやけ》島の墓から土を持ってきて絵島の墓に合祀《ごうし》した。

ここいらは信州の貧藩の末裔《まつえい》にしては商魂たくましいといえる。しかし、これによって陰謀の犠牲者という説は消えたことになる。古い信州人は、無実の罪を信じていたらばこそ赦免の願いを上申したのではなかったかとわたしは考える。この比翼塚《ひよくづか》の出現によって、かえって絵島のストイックな後半生の清らかさが観光という商業主義によって消されてしまったと思われるものである。ともあれ、「山また山をわけのぼる信濃《しなの》国高遠といえるは、この国の中にても辺僻《へんぺき》にして何《いず》れの国へ通うも道遠く四方に山負い谷めぐりて里平ならず。雪は越後《えちご》ほどに積らねど、その寒き事は余国にまされり。さらば古《いにしえ》より名だたる人も住み給わぬには……」と古書に叙された、まさに高く遠い貧藩であったのが、それなるがゆえに絵島が流され、その絵島のエピソードがテレビで放送されると俄然《がぜん》、観光の対象となって天下の耳目を集めることになったのだから、へんなものである。

同町は絵島お囲屋敷なるものを復元して入場料をとって見せることになった。その復元されたものを見ると八畳一間で、まことに小さなものである。絵島のながめた景色は三峰《みぶ》川を足下に見るものであったろうが、いまはダムができ、この川にふたつのダム湖（美和《みわ》と高遠）ができたので、ちょっとしたながめになっている。

そして高遠人造湖の畔には、絵島の名をとった観光ホテルが建ち、またその横に郷土館があり、高遠から輩出した政治家や文化人の遺物を並べている。わたしの伯父《おじ》伊沢修二《いざわしゆうじ》、父伊沢多喜男《たきお》の遺品もあるが、わたしは、この藩を開明的にした阪本天山《さかもとてんざん》やその弟子、中村墨水《なかむらぼくすい》をもっと顕彰すべきであると思う。この藩が明治維新、官軍に投じたからこそ、新文明にとり残されなかったのだし、わたしの伯父も父も新しい生活を展開できた。

こんな貧藩からも中村不折《ふせつ》や池上秀畝《しゆうほ》のごとき優秀な画家を出しているのはおどろくべきことである。しかし彼らも早くから、この町を出て東京や外国で勉学した人びとである。

いずれにせよ高遠に、多くの人の目が向いたのはエロティシズムから発した「大奥物語」のなかの一挿話の絵島の流謫《るたく》の地ということにはまちがいはない。そこに廃藩置県でとりこわされた城址《じようし》を公園にしたさいに、だれの知恵か、ここに小彼岸《ひがん》桜の木を植えたのである。それがいま、春の花見に多くの人を吸引することになった。

ルーツさがしに思う

この桜は碑の文面どおり「天下第一の桜」と誇称しても、それほど恥ずかしくない珍種で、その緋《ひ》色の濃いこと、本数の多いこと、大木なのでまさに観光資源としては、もってこいのものなのである。

戸板康二氏がわたしと高遠《たかとお》が関係のあることを知っていて「あそこの桜は、きれいですね」といってくださったが、わたしは「そうですか、まだ見てないので」という始末だった。戸板氏は、

「じゃ無字の碑は」

「それも見ていないのです」

といったら呆《あき》れ顔であったが、事実なのであった。わたしが高遠城址《じょうし》を訪れたのは、ついこの間のことだが、もう秋で天下第一の桜も半ば葉を落としていた。

これが花でいっぱいになったら、さぞかし美しいだろうと想像したが、わたしは世に酔っ払いくらいきらいなものはないので、たぶん、一生、この桜を見ることはあるまい。

しかも、城は規模が小さく、とても姫路城などのような名城とは比較もできない。遺構はなく、ところどころに立て札が立っていてむかしのありさまをしのぶだけである。天龍《てんりゅう》川沿いの伊那《いな》盆地の谷の台地の突端を利用した城で、三峰《みぶ》川に面して断崖《だんがい》がいくつかあり、なかなかの要害である。専門家の書いた本を見ると、天守閣はなく三つの櫓《やぐら》があったというが、それも二層で、金はかかっていない。まさに「内藤《ないとう》貧乏金たたき、袖《そで》からボロが下がり藤《ふじ》」と、江戸の子どもたちが囃《はや》したてた貧藩にふさわしい城であった。

土居と空堀を主としたもので、石垣はほんのすこしであったというから、ますます、もの悲しい貧しさである。土居とは人の苗字《みょうじ》や岐阜や名古屋・京都などにも地名として残っているが、要するに土塁でただ土を盛ってかためたものである。しかも塀《へい》は、あの千代田城や姫路城などに見られるような壁土で厚く塗りかためたものでなく、板で囲った土塀であったという。その塀に瓦《かわら》もなかったという。なんとなく黒澤明氏の「蜘蛛《くも》ノ巣城」あたりを思い出すが、これが中世紀の城であったのだろう。われわれは城というと織豊《しょくほう》期以後の堅固なのを思い浮かべやすいが、ながい間、われわれは土と板とでつくった城ですませていたのだ。フランスなどに行くと、日本の鎌倉時代の城が崩れてはいるが現存している。つくづく、石造文化と木造文化の差違を思わせられるが、高遠城は、明治になるまで、貧藩なるがゆえに中世ふうな原始的な城を保存していたことになる。その点、それがいまも残っていたらたいへん貴重な文化財であろう。

わたしは、二十年ほど前に、三田《みた》の古本屋で高遠城の江戸末期の地震による被害を詳細に図入りで記載した書類を買い求めたことがあるが、いまは、どこかに蔵《しま》い忘れてしまった。方々に地崩れが生じたことが記してあった。たぶん、安政《あんせい》の地震の余波でもあるか。

戦国時代、武田信玄《しんげん》が天文《てんぶん》十四年（一五四五）に、伊那谷に進出して、ここに城を築いたが、そのときに例の軍略家の山本勘助《かんすけ》にこの城の設計をさせたという。城の専門家は城内にいくつもの半円形の桝形《ますがた》がついている、これはここに敵を入れて、上からやっつけるしかけであろうが、山本勘助のアイデアだそうで、甲州ふうの築城技術だそうだ。

しかし武田信玄の五男仁科盛信《にしなもりのぶ》が城を守っていると、天正《てんしょう》十年（一五八二）、織田《おだ》信長《のぶなが》が子の信忠《のぶただ》に命じてこの城を攻めさせた。

多くの城のロマンチシズムは落城であるが、武将山本勘助の築城も織田信長の鉄砲という新兵器を使うような、用兵術の前には、あえなく一族郎党、女房から子どもまで悲惨な死を遂げた。しかし、これは戦国時代のつねであった。もっとも、戦国時代も女子どもは間道から落ちのびる便法もあった。この高遠の落城のさいは信忠は、「もう信州一帯はみな降服し、武田勝頼《かつより》は落城寸前だ。降参すれば土地もあたえ、賞金百枚をあたえよう」と和睦《わぼく》を申し入れているのだ。しかしそこは武田一家の信州魂というか甲州気質というか「勝頼様の御恩に報じます」とがんばって一同討死したのである。そこでロマンチックだというわけであるが、わたしが行ったときは、城址にはだれもおらず静かなもので、四百年もまえの激戦を想像しても、あまりぴんとこなかったのである。

このごろルーツ、ルーツとアメリカの黒人の祖先の系統をさがす小説が大流行したら、そのテレビ化が日本でも放送され、週刊誌が日本人のルーツさがしを載せ出した。

しかしすこしたどると、じつにいい加減なものである。よっぽどの名家以外は途中で、いわゆる「系図買い」をしているからだ。これは泥棒が盗んだもの（いわゆる贓品《ぞうひん》）を買うときにも用いられていることばで、徳川末期、町民が士分の株を買うことを諷《ふう》したことばであるが、みなさんも結婚式に出ると、時代おくれの仲人が「何々家はご先祖は清和《せいわ》源氏の出でいらっしゃいまして」などときり出すのを聞かれるであろう。わたしはいつも「だれだって先祖はサルさ」といっているが、わたしの家などは三代もさかのぼると、もう高遠藩士というだけで、こまかいことはわからなくなる。

わたしの伯父《おじ》の修二《しゅうじ》も「系図屋」に頼み明治年間、巻物を一巻つくらせたらしいが、わたしの父は写しもせず、せせら笑っていた。日本でいち早く明治時代にダーウィンの進化論を翻訳して紹介した男だから、ルーツさがしには興味がなかったのだろう。

ある週刊雑誌がタレントの仁科明子《にしなあきこ》さんのルーツを紹介し、「明子はお姫様」と見出しをつけ、「仁科家は信州高遠の城主」と紹介していた。その記事によると「うちの系図は、ひろげると長さ八メートルくらいありまして、父（岩井半四郎）がたいせつにして本物は銀行の金庫に保管してもらっているらしいです」云々、そしてつづけて、「当主の半四郎（本名、仁科周芳）は清和天皇から数えて四十代目、半四郎の仁科家は戦国時代は信州高遠五万石の城主だった、だから娘たちはお姫様になるわけだ」としている。

お姫様がどうして、ひどく差別され蔑視《べっし》されていた歌舞伎役者の家柄に落ちたのか、わたしはむしろここに興味がある。ルーツさがしは、むしろ、こういう浮沈のありさまを偽りなく描くところにあって、栄光の部分ばかりにスポットを当てることではあるまい。

たしかに仁科という城主はいた。武田が滅びてすぐの話である。それから毛《もう》利《り》・小笠原《おがさわら》・下条・保科《ほしな》・毛利・京極《きょうごく》ふたたび保科・鳥居・采田・内藤とつづくので、その交替は目まぐるしいくらいである。だから内藤様は、下がり藤の内藤家は元禄《げんろく》年間（一六八八〜一七〇四）に城入りしたので徳川中期のことになる。

わたしの家の紋所から推すと、どうやら武田系らしく、卑怯《ひきょう》者で討死しなかったらしい。あるいは合理主義者で、そんな城を枕《まくら》に討死なんてばからしいと逃亡したのかもしれない。

装束師として高遠に入り込んだのが先祖のひとりらしく、そこから、仕官していちおう子弟が藩校の進徳館《しんとくかん》に進学できる身分にはなっていた。そして教育ママのわたしの祖母の「勉強しなさい！」に奮励して修二が進学熱にとりつかれて、うまくたったひとりの進貢生として江戸の大学南校に入り、そこから明治新政府への手がかりができたのであった。そしてわたしの父は、兄修二を父がわりにして当時としては最高の教育をうけさせてもらって、兄弟そろって貴族院議員となれたので城址公園に碑が建つことになったが、父の息子たるわたしは仁科明子と同じく芸能界――むかしなら河原者と低められた劇作家なのである。そして生まれもしない生家がいつの間にかできあがって、週刊誌のカラーページに紹介されるとは、歴史とは、これくらいいい加減なものなのだ。

わたしの父についても、あのカナダのハーバート＝ノーマンが近衛《このえ》と木戸《きど》とともに、三戦犯として当時の米国務長官に報告していることが、最近、彼の全集が岩波から出版されて明らかになった。

読んでみると、かなり出鱈目《でたらめ》がひどい。近くわたしは第三者的な私情の入らぬ史料によってその誤りを正してゆくつもりだが、それがあのままアメリカに信じられたら、父は当然戦犯になり巣鴨《すがも》プリズンに送られたことだろう。近衛と木戸は戦犯と認定され、そういうことになった。近衛は自殺したが、木戸は入所した。しかし死刑にはならなかった。だが父は別の人が、よい報告をして弁護してくれたせいか、他のふたりのように戦犯にならずにすんだ。

ノーマンのように歴史家として尊敬されている人でも、ときには、とんでもない薄弱な史料を使うものだと思った。わたしが書いた文章も、かなりいい加減なところがあるかもしれない。しかし、できるだけ、わたしの知っていることだけにとどめたのである。

多聞城

永岡慶之助

ながおか・けいのすけ

1922年～。主な作品は直木賞候補になった「斗南藩子弟記」「紅葉山——富岡製糸場始末」、ほかに「上州剣客列伝」など。

反逆の条件

「城」にも個性がある。

それを築いた城主の教養・気宇・経済力などによって、おのずから華麗・質実・優美・豪宕《ごうとう》とそれぞれおもむきを異にし、一城として同じものはない。

では、奈良に多聞《たもん》城を築き、日本の城郭史上、天守閣のはしりといわれる櫓《やぐら》を建てたり、あるいは多聞づくりと称される独創的な築城法を開発し、後世の規範となるような城郭構築をこころみた松永弾正久秀《だんじょうひさひで》とは、いったいどのような人物であったろうか。ここに、その人となりのアウトラインを伝える、有名な話がある。

あるとき、久秀が織田信長とともにいるところに、たまたま徳川家康が来合わせた。すると信長は、

「徳川殿にご紹介申そう」

と言い、久秀を指さして言った。

「これなるが松永弾正でござる。この老人、これまでに人のようせぬことを三つまでしおった。まず将軍を殺害したのがそのひとつ、主人の三好《みよし》氏への謀叛《むほん》がそのふたつ、大仏殿焼き払いがその三つである。通常のものでは、そのひとつですら、よう為《な》しえぬことを、ことごとくやってのけたものであって、まことにもって油断のならぬ物騒千万な老人でござるわ」

ずばりと言って信長は笑ったが、そう紹介された家康は、どう答えようもなく当惑したろうし、その場に居合わせた面々とて、久秀の心中を思って肝《きも》の冷える心地がしたことであろう。ところが当の久秀はといえば、老いたる獺《かわうそ》のような表情で、なにごとがあったとも知らぬげに黙然と控えていたという。

右のエピソードによっても、松永弾正久秀なる老人、なかなかどうして一筋縄《ひとすじなわ》ではいかぬ、したたかきわまる人物であることが知れよう。それも道理、彼は、名もない一介の浪人から身をおこし、いわゆる後北条《ごほうじょう》五代の覇権《はけん》を確立した北条早雲《そううん》や、油の行商人から武家社会へ身を投じ、あらゆる手段を弄《ろう》し、ついに美《み》濃《の》(岐阜県)一国を領有するまでになった斎藤道三《どうさん》らとともに、「下剋上三悪人」と世に称されるものなのだ。

「下剋上」は「げこくじょう」と読む。その意は『国語大辞典』によると、「下の者が上の者を押しのけて権力を持つこと。……下層階級の者が、国主や主家などをしのいで実権を握る風潮……」とある。要するに反逆者ということであろう。

しかし早雲・道三・久秀らを反逆者とみなすのは、中世社会を支配していた権力者側であり、早雲らのように、既成の秩序やモラルを突き破ることによってのみ、あらたな運命の展開が可能であった連中の立場からすれば、われらこそ、近世への窓口を切りひらいた先覚者である、といった論理も成り立たぬわけでもあるまい。

それはともかく、この三人に共通しているのは、出生から世に頭角を現わすまでの経歴——つまり前半世が謎《なぞ》につつまれていることだ。三人が三人とも、過去がひどくあいまいであるか、またはまったく不明なのである。もっとも、彼らが氏素姓《うじすじょう》も知れぬという不透明な暗部をかかえている点こそ、信長や家康のように、生まれながらにして城主たる地位を約束されたものたちと決定的に違うところでありまた、その暗部こそが、おのれひとりの才覚だけを頼りに、苛烈《かれつ》な乱世を生き抜き、立身したものの非凡な才能とバイタリティを、無言のうちに物語っているというべきなのであろう。

悪人登場

松永久秀《ひさひで》の前半生は不透明だ。まったく謎《なぞ》につつまれているといってよい。四国阿波《あわ》(徳島県)の生まれとする説があるかと思うと、いっぽうには京都西ノ岡生まれとする説があるといったふうに、その出生すらはっきりとはわからないのである。

とにかく、歴史上に久秀の名が登場するのは、天文《てんぶん》十八年（一五四九）の年、三好《みよし》氏家臣中の実力者として、文字どおり、忽然《こつぜん》と現われたといったぐあいに、京都所司代《しよしだい》的な役目についてからだ。時に彼四十歳というから、信長や家康らにくらべると、かなり遅い歴史への登場ぶりであった。

思えば、三好家につかえた時点において、後日、久秀が「下剋上《げこくじよう》三悪人」のひとりとなる運命が、すでに決しられていたというべきかもしれない。なんとなれば、三好氏そのものが、主家の管領《かんれい》細川氏を蹴落《け》とすことにより、足利《あしかが》将軍をも圧倒する実力者にのしあがった経歴の持ち主だからだ。

つまり久秀は、「下剋上」のじっさいを、まざまざと目の前に見ているわけである。ありあまるほどの才気をもった彼ほどの男が、いつしか胸中に、「よし、おれもひとつ……」と野望をいだくようになったとしても、すこしもふしぎはないといってもよいではなかろうか。

三好氏が主家の細川氏をもしのぐ勢力をもつようになったのは、細川本家におこったお家騒動以来である。管領細川政元《まさもと》は、一種の奇人であった。病的なまでに潔癖で、日に幾度となく浴室に入り、斎戒沐浴《さいかいもくよく》するのはよいが、客と対談中でも、談たまたま女性のうえに及んだりすると、政元は無言で座を去って浴室に入り、身を清めるほどの女性ぎらいであった。これほどだから、管領となってからも妻帯せず、当然、子もなかった。

このような政元の性状は、女色を楽しむことを当然とした当時の武将間にあって、まったく異色というほかはなく、しかも彼は、管領という重職にある身でありながら、あろうことか呪術《じゅじゅつ》の修業に熱中した。幼いころから政元を知る老臣でさえ、ひとり居間にこもって、陰々滅々と呪文《じゅもん》をとなえる彼の姿を見ては、魂の凍りつくほどの思いがするといったという。

妻帯せず、必然的に後継者をもたぬ政元は、前関白《さきのかんぱく》九条政基《まさもと》の子澄之《すみゆき》なるものを、名門細川家の相続者として養子に迎えたが、まもなく政元は、澄之が公卿《くぎょう》の出で、細川家とはなんらの血縁関係がないことが気になり、気にするともう彼の心は澄之を離れ、こんどは同族である阿波《あわ》の細川成之《しげゆき》の孫澄元《すみもと》を迎え、これを後継者の座に据《す》えた。

当然、先に養子となった澄之は不満をいだき、細川家の家臣たちもまた、二派にわかれて対立し、たがいに自派の正統性を争うという事態となった。

それというのも、この当時から、単独相続性――つまり、ひとりが全財産をうけ継ぐというかたちがとられだしていたため、相続者の地位の獲得に、血を見る暗闘がおこるのである。

阿波の細川澄元は、澄之よりあとに養子になったとはいえ、同族の出であるから、本家の家督相続者にえらばれて当然、という気持ちがあるが、補佐役の三好之長《ゆきなが》らの態度やことばにも、ついそうした色が出がちであった。

すると、澄之側の薬師寺《やくしじ》与次・香西元長《こうざいもとなが》といった連中は、三好一党のわが世の春顔に歯ぎしりをしてくやしがっていたが、ついに思わぬことをくわだてるにいたった。いっそ政元を討って澄元を阿波へ追い返し、哀れな澄之を細川家の当主に据えようというのである。

「もともと、澄之様こそ、細川家正統の相続者となるべきお方なのだ。世人もわれらの気持ちを汲《く》んでくれるにちがいない」

下剋上は世のならいである。彼らに罪の意識はさらさらない。暗殺決行の機会は、政元が斎戒沐浴のため浴室へ入ったとき――と決せられた。

下剋上

もとより細川政元《まさもと》は、自分の身に危険が迫っていることなど夢にも知らずにいた。この日は、澄元《すみもと》の居館を訪れ、阿波《あわ》の話に耳を傾け、酒を汲《く》みかわしながら猿楽《さるがく》で目を楽しませ、いつもは青白い病的な頬《ほお》に、珍しく血の色を浮かせて帰ってきたが、わが館《やかた》に入るなり、ただちに湯浴《あ》みの支度を命じた。

浴室の政元は、刺客が乱入した瞬間、信じられぬといった眼差しをした。夕景とはいえ、白昼といってよい夏の明るい光のなかで、しかも、近くに警固の侍たちもいるはずの自邸内で、わが身が襲われるなどとは思いも及ばなかったに相違ない。しかし、だれひとりとして馳《は》せつけてくる気配はなく、彼は三人の刺客に対して、手桶《ておけ》を投げつけるのが精いっぱいの抵抗であった。三振りの白刃が殺到し、彼は湯舟を鮮血に染めて絶命した。永正《えいしょう》四年(一五〇七)六月二十三日のことで、政元、時に四十二歳であった。

こうして澄之《すみゆき》は、細川家の家督を相続し、管領職《かんれいしき》に就任したが、むろん澄元側はこれに不服である。

補佐役の三好之長《みよしゆきなが》は、澄之と香西元長《こうざいもとなが》を殺したうえ、十一代将軍義澄《よしずみ》に迫って澄元を管領の座に据《す》え、おのれがその実権をにぎった。すなわち三好氏は、阿波の田舎侍《いなかざむらい》から、いっきょに中央政治の舞台に躍り出たのだ。

しかし乱世である。

管領澄元や三好之長の幸運もながつづきはしなかった。いや、澄元を管領に任じた将軍義澄の命運さえはかないものであった。前《さきの》将軍義稙《よしたね》が大内氏に奉ぜられて上京したとたん、義澄は義稙に将軍職を奪われ、三好之長は京に自殺、その子の長秀もまた、伊勢（三重県）まで逃げのびたものの、これまた追いつめられて自殺した。

しかもなお、政情は流動的であった。新将軍の義稙によって、管領に任ぜられた細川家の分家、丹波《たんば》（京都府）の細川高国《たかくに》は、大永《たいえい》元年（一五二一）義稙を追い落とし、前将軍義澄の子の義晴《よしはる》を将軍とした。時に義晴わずか十一歳というから、むろん幕府の実権は、細川高国のなかにあった。名のみの将軍のもとに、高国は不動の地位を築くかとみられたが、彼もまた、先に自殺した三好之長・長秀父子と同じ軌跡をたどることとなる。

すなわち、六年後の大永七年、細川澄元の遺子晴元《はるもと》を擁した三好元長《もとなが》（之長の孫で長秀の子）によって、京都の郊外に撃破され、将軍義晴とともに近江《おうみ》（滋賀県）へ逃れた高国は、享禄《きょうろく》四年（一五三一）反撃の兵をおこしたものの、摂津《せっつ》（大阪府・兵庫県）に戦って敗れ、ついに路傍の民家に自殺するという無残さであった。

ところが、この翌享禄五年——細川晴元を京都の中央政界に押し出した、第一の功労者ともいうべき三好元長が、当の晴元の意をうけた本願寺《ほんがん》門徒軍に奇襲され、泉州《せんしゅう》（大阪府）堺《さかい》に自殺するという事件がおきた。これは元長の勢力が強大になるにつれて、将来に不安をおぼえた晴元が、門徒衆をつかって元長の抹殺《まっさつ》をはかったものである。

この事件当時、元長の子長慶《ながよし》は、まだ十歳を迎えたばかりの幼さであった。しかし堺の顕本寺《けんぽんじ》に切腹した亡父元長が、主人晴元に襲われたことを激怒し、みずから腸をつかみ出して天井にほうりつけた、という、最期を胸にふかく刻みつけ、復讐《ふくしゅう》の機会をねらいながら成長した。しかし長慶にとって衝撃的であったのは、この事件の裏に叔父《おじ》の政長《まさなが》入道宗三がからんでいたことだ。宗三は晴元と通じ、門徒衆の味方をしたのである。

天文《てんぶん》十八年（一五四九）、すでにたくましい若者に成長した長慶は、ついに入道宗三を攻め殺し、亡父の無念を晴らした。恐怖した細川晴元は、義晴・義輝《よしてる》将軍父子とともに京を捨てて近江へ逃れた。

松永久秀《ひさひで》が三好家の実力ある家臣として、京都所司代的な役目についたのは、じつにこのときなのであった。主人の長慶が京都を掌握するとともに、久秀の武将としての地位も高まったわけであり、二年後、長慶と晴元との和睦《わぼく》が成立し、将軍義輝と細川晴元が京に帰ってからも、もはや久秀の地歩はゆるがぬものとなっていた。これらの情勢をみてとり、政界復帰の望みを絶った晴元は、長慶の情けを請うて隠居し、ふたたび表に立つことをしなかった。歴史上への久秀の登場は、こうしてはじまったのである。

黒いうわさ

京都所司代的役職者として、中央にのり出した松永久秀《ひさひで》は、着々とその勢力をのばしていった。

この男が胸中に、どのようなことを考えているか、まだ、だれにもうかがい知ることはできなかった。

久秀は、京都所司代的仕事をするいっぽう、泉州堺《せんしゅうさかい》の代官をもつとめた。堺は当時日本最大の貿易港であり、南蛮船《なんばんせん》や遣明船《けんみんせん》によって、南洋や大陸の珍奇な品物が豊かにもたらされる窓口だ。海岸には倉庫や豪商の大邸宅が建ち並び、富裕なことでも日本第一の土地といってよい。

「この町は、イタリアのベニスのように執政官によって治められている。そして、日本全国でももっとも富裕な商人が多く住み、自由市としての多くの特権と自由をもち、共和国のような政治を行なっているので有名である」

これは永禄《えいろく》四年（一五六一）堺を訪れた、耶蘇会《やそかい》の宣教師ガスパル＝ビレラの感想だが、事実、堺は、その豊かな富と日本最大の生産を誇る武器——鉄砲によって、おのれを争乱の時代から守り抜くすべを知っていた。すなわち堺は、ガスパル＝ビレラが感嘆したように、町民だけの自治都市をつくったのである。

町の三方に濠《ほり》をめぐらし、武士の侵入をふせぐ防壁とするいっぽう、雇い入れた武装牢人《ろうにん》をもって自衛の態勢をととのえるなど、町の繁栄と平和の維持に万全を期した。

「日本全国のうちで、この堺ほど安全なところはない。だれの諸国で戦乱があっても、この町は平穏で、勝者も敗者もこの町にきて住めば、みな平和に生活し、たがいに他人に害を加えるものはない」

これもまた、前記の宣教師ガスパル＝ビレラの見た、当時の堺の町の姿であり、町政は納屋《なや》十人衆とよばれる長老指導制から、やがて三十六人の会合衆《えごうしゅう》による自治体に移っていった。

松永久秀は、このような堺の町衆と結んだのである。たちまち彼は富を築き、急速度にその勢力を伸長させた。

しかも彼は、大和守護《やまとしゅご》筒井順昭《つついじゅんしょう》亡きあとの大和国（奈良県）を、長慶《ながよし》からあたえられたため、いちだんとその足場をかためることができた。久秀の大和進出に対し、順昭の遺子藤勝（のちの順慶《じゅんけい》）と家臣は、筒井城に拠《よ》って抵抗したが、あえなく城は落ち、藤勝は逃亡の憂き目をみねばならなかった。時に藤勝十二歳であった。

久秀は奈良の西南、河内《かわち》（大阪府）国境に近い信貴山《しぎさん》に城を築き、大和に割拠する豪族らをたたきつぶし、大和平定のメドがつくとともに、こんどは奈良の北郊多聞山《たもん》に新城を構築し、これに多聞城と名づけた。この多聞城が近世築城法の規範とされたほど、独創的な構造をもった城郭であったことは、すでに述べたとおりである。

ところで、久秀の築いた城郭が独創的であったということは、とりもなおさず、彼が先例や慣習にとらわれない、合理的な性格の持ち主であった証拠といってよく、このことはのちに彼のとった行動と思い合わせるとき、ある符合が読みとれて興味深いものがある。

この多聞城の築城をさかいにして、彼はにわかに怪物的な一面をあらわにしてきた。

永禄六年八月、三好義興《みよしよしおき》が急死すると間もなく、久秀によって毒殺されたという評判がたった。久秀が義興の側近を抱き込んで、食膳《しょくぜん》に毒を盛ったというものだが、これが主殺しの悪人として、彼の名が史上に記載される第一弾となった。

義興は三好長慶のひとり息子であったのだ。

愛するひとり息子を失った長慶は、実弟の十河一存《そごうかずまさ》の子義継《よしつぐ》を養子に迎えた。

じつは長慶には、戦死した一存のほかに、三好之康《ゆきやす》・安宅冬康《あたぎふゆやす》といった弟がいたのだが、久秀の讒言《ざんげん》によって之康とは反目する仲となり、やがて之康も戦死し、残る冬康をも久秀の讒言を信じて殺してしまっているため、さすがの三好家も完全に弱体化してしまっていた。しかも長慶当人も、ひとり息子を失った精神的な打撃で、まだ四十三歳というのに半ばぼけたようになり、翌年の七月にはこの世を去っているのだ。かくて長慶のにぎりしめていた権力は、久秀のふところにころがり込むという結果となった。

このことによっても知れるように、久秀は目的を遂げる場合、武力を用いるような直接法はとらずに、一種の消去法にも似た知能犯的手段をとるのを得意としたようだ。合理的な点で、彼の意にかなったにちがいない。

将軍殺害

三好長慶《みよしながよし》の死とともに、久秀《ひさひで》の怪物性はいちだんと露骨になった。彼は、つぎに将軍義輝《よしてる》の殺害を、当時、世に「三好三人衆」とよばれていた三好日向守《ひゅうがのかみ》・同下野守《しもつけのかみ》・岩成主税助《いわなりちからのすけ》らとはかって決議した。

行動をおこしたのは、永禄《えいろく》八年（一五六五）五月半ばのことである。久秀らは、清《きよ》水寺《みずでら》参詣《さんけい》を口実にして、さりげなく兵を京に入れておき、十九日の夜にいたって突如、義輝の住む二条館《にじょうやかた》に乱入した。この夜の義輝の応戦ぶりは、将軍の名に恥じぬみごとなものであったとつたえられる。だいたい義輝は、他の半ば公卿《くぎょう》化したような軟弱きわまる将軍とは異なり、上泉伊勢守《こういずみいせのかみ》の刀術を上覧したり、塚原卜伝《つかはらぼくでん》から奥義の伝授をうけたほど、兵法に熱心な硬骨漢なのだ。久秀らの意のままになるような人物でなかったことが、彼らに殺害される悲劇の原因のひとつとみられぬこともない。

義輝は、敗戦と見きわめると同時に、おもだったものを集めて最後の酒宴を催したあと、名刀の抜き身を幾振りも用意したうえで、寄せ来る敵兵に立ち向かった。さすがに義輝は、卜伝から兵法の奥義を許されたほどの達人だ。つぎつぎと敵を斬《き》り伏せ、刀の切れ味がにぶると、別なる刀ととりかえ、あらたに気力を充実させて敵に対する。ついには怖《おそ》れて近づくものもなくなった。

それで気転のきいた敵のひとりが、戸のかげに身をひそめて、義輝が刀をとりかえて出てくるところを、槍《やり》で足払いをかけ、転倒した体に障子《しょうじ》をたおしておさえつけた上から、槍で突き殺すという無残さであった。

五月雨《さみだれ》は　露か涙か　ほととぎす
わが名をあげよ　雲の上まで

義輝の辞世である。

まさに下剋上《げこくじょう》であった。将軍の廃止をすら意のままになせるほどの、実力者であった三好長慶ですら、将軍を殺害するまでのことはせずに終わっているが、松永久秀はそれを平然とやってのけたのだ。もっとも、久秀自身には、下剋上ということばのもつ背信的な気持ちなど、まったくなかったかもしれない。合理主義者である彼にしてみれば、将軍を殺してなぜわるい、おれの将来に害あるとみたから消したまでだ。そもそも、上のものをとりのぞかぬことには、下のものの浮かびあがる瀬があるまい。現に足利《あしかが》将軍家とても、そうすることによって将軍職を手にしたはずだし、三好家だって、主家の細川氏を蹴《け》落とすことで、その勢力を獲得しえたではないか、という反論をもって世の悪評に抗議したいところであろう。

このような久秀でも、義輝にかわって自分が将軍の座につくというわけにはいかない。いかに乱世でも、それにはそれなりの手順があり、それを無視することは世間が許さないのだ。やむなく彼は、阿波公方《あわくぼう》の義栄《よしひで》をひっぱり出して、十四代将軍の座に据《す》えた。義栄は十一代将軍義澄《よしずみ》の次男義維《よしつな》の子である。

そのうち、先に久秀のために大和《やまと》を追われた筒井順慶《つついじゆんけい》が、三好三人衆と結んで久秀の蹴落とし作戦に出た。

これが永禄九年のことであり、反久秀党には三好長慶の養子義継《よしつぐ》も参加し、さらに久秀にひき出されて将軍になった足利義栄までが、久秀追討の御教書《みきようじよ》をあたえるという思わぬ事態となった。

情勢は久秀にとって不利であった。三好三人衆・筒井順慶ら連合軍と戦い、敗れた久秀は堺《さかい》の町に逃げ込んだ。先にも述べたように、堺は治外法権の自由都市であり、その指導者——会合衆《えごうしゆう》とかねて親しい久秀は、三好軍との仲介を頼んだ。久秀に泣きつかれた会合衆は、彼をかくまったうえ、講和の調停にのり出したが、調停のしかたがいかにも堺の商人らしくかわっていた。

「三好軍は、戦いに勝ったことに満足し、このまま兵を引き揚げられよ」

と会合衆は言い、いっぽう三好軍もおとなしく久秀包囲の兵を引いたのだから、まことに奇妙きわまる話というほかないが、じつは三好軍は、もし調停を無視して久秀を討ち、会合衆に背中を向けられでもしたら、それこそ今後、軍資金の調達に支障をきたすことにもなりかねないので、泣く泣く兵を引き揚げたというのが真相なのである。

鉄砲という新兵器を量産し豊かな財力をもつ堺の会合衆を敵にしては、天下に覇《は》をとなえることなど、とうていおぼつかない。それでも久秀をあと一歩のところまで追いつめながら、兵を引き揚げねばならぬ無念はある。三好軍は、堺の町じゅうにひびきわたれとばかりに、「えいえい、おう」と勝鬨《かちどき》の声をあげたうえで引き揚げたという。

この堺におけるエピソードは、命さえつなげれば立ち直れる機会はある、とする松永久秀という男の合理的・実利的な人生論を浮き彫りにしていておもしろい。彼は、武士の面目などというものに、こだわる気持ちはさらさらないのである。

名器献上

永禄《えいろく》十年（一五六七）二月、松永久秀《ひさひで》は、思わぬ幸運にめぐまれた。これまで三好《みよし》三人衆の陣営に参加して、しばしば久秀とも戦ってきた三好義継《よしつぐ》が、三人衆と不和をきたし、ついに久秀のふところにとび込んできたのだ。これで久秀は、主人に弓を引いているという負い目から解放され、逆に三人衆方は、主家の当主を敵にまわしたかたちとなったわけである。心理的に久秀方が優位に立ったといってよい。

四月、久秀と義継の軍は、信貴山《しぎさん》城から奈良の北方多聞《たもん》城へと陣を移し、三好三人衆と筒井順慶《つついじゅんけい》の連合軍に興福《こうふく》寺と東大《とうだい》寺をはさんで対峙《たいじ》した。両軍の戦闘は連日連夜つづけられた。三人衆の軍が多聞城に迫って火を放てば、久秀方もまた、奈良市中の寺院や民家を焼き討ちするといったぐあいで、勝敗のつかぬままに月日が流れた。

業をにやした久秀は、十月十日の夜、ついに三人衆軍の陣どる東大寺を夜襲した。このときの失火により大仏殿は火につつまれて全焼し、大仏の首が焼け落ち、久秀は後世まで大悪人の極印を押される結果となった。

しかし敵を敗走させた久秀は、大和《やまと》・河内《かわち》・摂津《せっつ》の三国を完全に手のものとなし、武将松永久秀の名を天下に鳴りひびかせることができた。

この久秀の前途に、黒い雲のように湧《わ》きあがったのが、美濃《みの》の織田信長であった。

信長は前将軍足利義輝《あしかがよしてる》――つまり久秀が三好三人衆とともに殺害した将軍の弟義昭《よしあき》を奉じ、六万の大軍を率いて上洛《じょうらく》するというのだ。永禄十一年五月、うわさを聞いた久秀は、信長の軍事力を計算し、とても自分の勝てる相手でないと知るや、ただちに岐阜へ使者を派遣して、よしみを結ぼうとはかった。こうした点、久秀の時勢をみる目は的確であり、頭脳の回転も速いのである。

信長から返答もないままに九月を迎え、信長の上洛は開始された。久秀もさすがにあわてた。これはあぶないと思った。相手が狂気のような信長では、なにをされるかしれたものではない。へたをすると一命にもかかわりかねないと怖《おそ》れた。思えば信長は、久秀によって殺害された将軍義輝の弟義昭を擁しているのだ。それとよしみを結ぼうということ自体、まことに図々しい発想というほかはないが、そんなことでへこたれるほど久秀の神経はやわでない。

この場合も久秀は、さきに三好三人衆に追いつめられ、堺《さかい》の会合衆《えごうしゆう》のふところにとび込むことによって、あぶない一命をつないだのと同じねばりをみせた。彼は、秘蔵の大名物「つくも茄子《なす》」の茶入と、「吉光」の太刀《たち》を進上することにより、信長から降伏を許されたうえ、大和一国の切り取りを許可されたのである。

「つくも茄子」は、別に「九十九髪《つくもがみ》の茶入」ともいい、東山名物——つまり将軍家の御物であった。それが幾多の変遷を経て久秀の手におさまったもので、天下に知られた茶の湯の名器なのだ。

久秀にとっては、「つくもがみ」も「吉光」も、命にもかえがたいほどの宝物だが、それを死ぬ思いで献上し、かわりにあやうい一命をつないだわけである。

が、われから願って献上したとはいうものの、苦心して収集した天下の名器が、みすみす信長の手にわたってしまったという無念の思いにかわりはない。久秀は信長に憎悪《ぞうお》すらおぼえた。

表面彼は、信長に服従し、ときには献身的に行動しながらも、名器を失った代償だけのものは、いまにきっととり返してやると胸に誓い、老いたる獺《かわうそ》のような顔をして、ひそかに機会の訪れる日を待った。

元亀《げんき》三年(一五七二)、河内の畠山《はたけやま》氏に内紛おこると知るや、これを好機として、信長に叛旗《はんき》をひるがえした久秀は、ことに失敗した結果、多聞城を献上することでようやく許されたが、天下無双の名物道具といわれる不動国行の太刀《たち》、薬研《やげん》藤四郎の脇差《わきざし》をはじめ、牧谿《もっけい》筆の「遠寺晩鐘《おんじばんしょう》」の掛絵をまで献上せねばならぬ憂き目をみた。久秀は、「いまに、いまに」とつぶやきながら、愛蔵の名器がつぎつぎと、信長のもとへ去っていく寂しさに耐えた。

致命的な誤算

松永久秀《ひさひで》が、待ちに待ったチャンスがきた、と思ったのは、天正《てんしょう》五年(一五七七)八月のことであった。

このときの久秀は、信長の石山本願《いしやまほんがん》寺攻めに従い、佐久間信盛《のぶもり》が番将をつとめる天王寺《てんのう》の砦《とりで》に立てこもっていた。当時の情勢はといえば、天正元年、武田信玄が病死して以来、天下は信長を中軸にして回転しだした観があった。翌二年には伊勢の長島一揆《ながしまいっき》を鎮圧し、三年には長篠《ながしの》の合戦で、信玄の遺子勝頼《かつより》の軍を撃破、四年、近江《おうみ》に安土《あづち》城を築いてこれに移るなど、まさに信長は、直線的に天下人への階段を駆けのぼっていた。

では、信玄の死後、もはや信長に対抗できるほどの武将がいないかといえば、じつは信玄に劣らぬ大物がひかえているのだ。越後《えちご》(新潟県)の上杉謙信《うえすぎけんしん》がそれである。信長ほどの男が、謙信軍との衝突だけは、小心なまでに避けたという一事によっても、いかに信長が謙信を怖《おそ》れたか、想像つくというものであろう。

七月——その謙信が大軍を率いて能登《のと》（石川県）に出兵し、謙信上洛《じようらく》、という風評が立った。そのうわさは、いままさに、天下人への階段をのぼりつめる寸前にある信長にとって、不気味きわまるものであった。信長は、謙信が加賀《かが》（石川県）へ侵攻するのを警戒し、全軍を北陸路へ投入することに決した。

その進発が八月八日であり、あたかも天王寺砦《とりで》の番将佐久間信盛は、紀州の雑《さい》賀一揆《がいっき》を討伐するため、出陣して留守である。

（いまだ！）

久秀が、機会が訪れたと思ったのは、このような状況であったからだ。彼もすでに老齢である。このチャンスを逃したら、もう二度と信長に復讐できる機会はないだろう。そう思った久秀は、天王寺の砦を脱出し、大和《やまと》の信貴山《しぎさん》城に立てこもってしまった。

久秀がみるところ、謙信の前に織田軍など問題にならず、まもなく謙信は大軍を率いて上洛するにちがいない。そのとき謙信軍と呼応して信長を討ち、「つくもがみ」や「吉光」など、これまで献上した名器の数々をとりもどしてやる、というのが彼の計算であった。だから彼は、信長が詰問使を差し向けてきたときも、これを傲然《ごうぜん》と追い返している。

ところが、その計算にくるいが生じた。織田軍を撃破し、一気に越前《えちぜん》（福井県）まで突入するかと思われた謙信軍が、突然勝ち戦《いくさ》を放棄して、越後へ引き揚げてしまったのだ。小田原《おだわら》の北条が上野《こうずけ》（群馬県）に進攻したので、本国を守備するため急遽《きゅうきょ》帰国したのが真相だが、これは久秀にとって致命的な誤算となった。

久秀は、それでも最後のねばりをみせ、本願寺へ救援を求める使者を走らせた。しかし、すでに包囲されている本願寺は、おのれを守るだけで精いっぱいだ。とても援兵を差し向ける余裕はない。

信長の子城之介信忠《のぶただ》の率いる大軍は、たちまち信貴山城を包囲した。久秀はいまさらながらに、いまの自分に、多聞《たもん》城があったらと嘆いたが、むろん返らぬ繰り言でしかなかった。

はげしい攻防戦のすえ、城方は本丸を残すのみとなり、もはや落城は時間の問題となった、とみた信長は使者をもって、

「貴殿御秘蔵の平蜘蛛《ひらぐも》の釜《かま》は、天下に聞こえた名器である。城とともに滅びさせるには惜しい。当方にお渡しあれば、末の世まで名器の姿をとどめるでござろう」

と言わしめたが、久秀はこれを拒絶し、微塵《みじん》にたたき砕き、城に火をかけ、腹を切ったうえ、おのれの首は家来に火薬で粉砕させることで、信長への憎悪《ぞうお》を最後の最後までしめした。

広島城

奈良本辰也

ならもと・たつや

1913年~2001年。郷里の長州藩に関係した著作多数。「吉田松陰」「高杉晋作」など。

毛利輝元の築城

そのむかし、戦乱のなかを生き抜く男たちにとって、〝一国一城のあるじ〟となることこそが男たちの究極の夢であった。戦国の英雄たちのだれもが、城をわがものにするために、その生涯《しょうがい》を賭《か》けて戦い争っていた。

だから、城は、そうした男たちが演じる命がけのドラマの舞台である。そして、演じられるドラマは、なぜかきまって悲劇である。城は、その悲劇のゆえに美しいのかもしれぬ、とさえ思う。

広島城は、その発端において、二重の悲劇の舞台となった。戦国の英雄のふたりまでが、この城で、城をわが手につかんだ喜びに有頂天になりながら、きわめて短い期間で失意と屈辱にまみれて城を去らなければならなかったのである。

そのドラマの主人公たちの名は、毛利輝元《もうりてるもと》と福島正則《ふくしままさのり》。毛利輝元については、おそらく萩《はぎ》城のところで詳しく語られるであろうから、ここでは彼が広島城築城の功労者である事実を指摘しておくにとどめよう。

輝元が広島城の築城をはっきり決意したのは、天正《てんしょう》十六年（一五八八）の七月、その目で豪華壮麗な豊臣秀吉の大坂城を確かめたときからであった。山陰・山陽両道の覇者《はしゃ》毛利元就《もとなり》の孫輝元にとって、現在の居城、山間の吉田郡山城はあまりにみすぼらしい。なによりも強大な権力の象徴として城はもっと華麗でなければならぬ。しかも、そのうえに城は経済の中心地たる役割も果たさなければならない。

そうした構想のもとに、翌天正十七年、輝元は太田川河口の五か村とよばれるデルタ地域を、その最適地として選び、四月築城の鍬《くわ》入れ式を行なった。沖積層のデルタ地域に築城することは当時としては異例のことであり、技術的にも最高のものが要求されていた。

とりわけデルタ地帯に城池を築くことを〝島普請〟といって、世人はこの〝島普請〟の無謀を嘲《あざけ》ったが、輝元は断固たる決意のもとに、困難な築城工事をやり抜いたのである。

こうして二年後の天正十九年正月、ほぼできあがった新城に、輝元は威風堂々入城した。広島の名のおこりは、毛利氏の祖大江広元《おおえひろもと》の「広」と、この地の豪族福島元長《もとなが》の「島」の字をあわせて名づけたという説と、文字どおりひろびろとしたデルタ地域に島普請が行なわれたことに由来するという説と二説あるようだ。

ともあれ、広島城は百二十万石の太守《たいしゅ》毛利氏にふさわしい居城として完成した。翌文禄《ぶんろく》元年(一五九二)、新装なった天守閣に登った秀吉が、その城取り、町割のあまりのみごとさに感嘆の声もなかったと伝えられるほどである。

すべての工事が完了したのは慶長《けいちょう》四年(一五九九)であった。この年の正月、盛大な祝賀の宴が催されたが、このとき輝元の胸にあったのは、この広島城を根拠地として、この地にさらに豊かな繁栄をもたらす計画であったはずだ。それほどにこの城は、綿密な計画のもとに築城されているのである。平城とはいえ太田川が城の北で大きく本川・京橋川に分岐して天然の要害の地となし、また南へ流れる西堂川《さいとう》・平田屋川《ひらたや》の運河は広島湾に連なることによって、ひろく瀬戸内海全域を掌中におさめることが可能なのである。このことは軍事はもとより、平時においてはかり知れない経済・交通上の恩恵をもたらすものであったのだ。城も、城を囲む町割のすべてにも、輝元の深い愛着をみることができる。このとき、輝元は永久につづく毛利家の治世を思い描いていたのである。

だが、破局はその直後にきた。翌慶長五年、関ヶ原の戦いに西軍の総大将として、東軍、徳川《とくがわ》方に敗北したとき、広島城に寄せた輝元の夢はもろくも崩れ去った。

在城わずか九年にして、防長《ぼうちょう》二か国（山口県）に削封され、萩に追われる身となったのだ。このとき、萩はあしやよしの生い茂る未開の地であった。日本海からの寒風吹きすさぶこの地で、毛利家は君臣ともに無念の涙に耐えて萩城の築城にとりかかるのである。このときの怨恨《えんこん》が二百五十余年後、徳川家を滅ぼす発火点となることは、これはまた別のドラマであろう。

ともあれ、広島城と毛利家の縁は切れた。あるじを失った広島城は、つぎのドラマの主人公を待つのみとなったのである。

福島正則の変身

毛利輝元《もうりてるもと》にかわって、この広島城に入城するのは、もと清洲《きよす》二十四万石の城主福島正則《ふくしままさのり》である。正則は関ヶ原の戦いで東軍方に味方し、岐阜城の攻略、宇喜多《うきた》軍撃破などに抜群の戦功をあげたため、その論功行賞として徳川《とくがわ》家康から安芸《あき》・備後《びんご》（ともに広島県）あわせて四十九万八千二百石の領地と広島城をあたえられたのである。二十五万石余の加増である。

慶長《けいちょう》六年（一六〇一）三月、福島正則は広島に入城した。このとき正則の心裡《しんり》には複雑な思いが去来したであろう。戦国の武将として五十万石の太守《たいしゅ》となることは、年来の夢ではあった。だが、その喜びのなかにひとすじのにがい思いがあったはずだ。この加増はかつての主家豊臣家に弓ひくことを代償にして手中にしたものであるからだ。

正則は桶屋《おけ》の悴《せがれ》として生まれたとも伝えられる。いわば卑賤《ひせん》の出である。幼年のころから豊臣秀吉につかえ、市松《いちまつ》とよばれて秀吉に愛されて育った。そして二十二歳の若さで、賤《しず》ヶ岳《たけ》合戦のさい、いわゆる賤ヶ岳七本槍《やり》のひとりとして、しかもその勇猛さにおいて筆頭に数えられるほどの武勲をたてて五千石の恩賞をうけるのである。以来、秀吉のあるところつねに正則の勇姿があるといわれるほど秀吉の信頼をうけ、かずかずの武功をたてて、秀吉が死ぬときには、尾張《おわり》（愛知県）清洲二十四万石を領有する大名であったのだ。

加藤清正《かとうきよまさ》とならんで福島正則こそ、秀吉子飼いの豊臣家恩顧大名の第一人者であった。その彼らが、天下の行方を決する関ヶ原の戦いで、大坂方を見捨てて徳川についたのである。しかもこの戦いでも猛将の名に恥じない抜群のはたらきをみせた。戦後、徳川家康が彼にあたえた二十五万石余の破格の恩賞は、その戦功に対してでもあるが、いまひとつ正則が率先して徳川方についたことを政治的に高く評価したためでもある。

このことが敗北した大坂方からみて、裏切りの代償、あるいは忘恩の代価として映じたとしても、無理からぬところである。

もっとも、このとき、徳川方についた豊臣家恩顧の大小名《だいしょうみょう》たちのほうには、かならずしも裏切りの意識はなかった。彼らは旧主秀吉の遺児秀頼《ひでより》を相手に戦うつもりはなかった。だれよりも石田三成《いしだみつなり》が憎かったのだ。事を簡単にしていうならば、彼らは石田三成に反発するあまり、徳川方についたのだ。関ヶ原の戦いは、秀吉が残したふたつの派閥の闘争であるともいえる。

そして、そのことによってもっとも大きな漁夫《ぎょふ》の利《り》を得たのは、いうまでもなく徳川家康である。いや、たくみにその葛藤《かっとう》・軋轢《あつれき》・反目・嫉視《しっし》を利用し駆りたてて豊臣家恩顧の武将同士をあい戦うよう、神技《かみわざ》ともいえる政治的手腕を駆使した張本人が、徳川家康であったのだ。

関ヶ原の戦いで、豊臣家の勢力はその過半が廃絶した。用心ぶかい家康は、残った半分の豊臣家恩顧の武将たち――福島正則たちには、まず過分といえるほどの気前をみせた。正則に対する加増についてはすでに述べた。そのほかにおもなものをあげれば、前田利長《まえだとしなが》には三十六万石を加えて百二十万石に、黒田長政《くろだながまさ》には三十五万石を加えて五十二万石に、池田輝政《いけだてるまさ》には三十七万石を加えて五十二万石に、加藤清正には二十七万石を加えて五十二万石というように、そのあまりの気前のよさに、家康の寵臣《ちょうしん》井伊直政《いいなおまさ》などはおおいに不平を唱えて、自分の加封状のうけとりを拒否したほどであった。

だが、それが家康の天才的な戦略であったことは、後世のわれわれには知られている。この段階では、関ヶ原の戦いで敗れたりとはいえ、いまだあの難攻不落の大坂城が健在であった。秀吉の遺児秀頼も母淀君《よどぎみ》とともにそこにある。この大坂城と秀頼を滅ぼすことによって、自分の天下とりの夢が完成するということを、家康はよく承知していた。

慶長五年の関ヶ原の戦いから同十九年の大坂冬の陣までのあしかけ十五年間、家康は謀略のかぎりを尽くして、己れの基盤をかためていった。豊臣家に完全な滅亡をもたらすために、万全の準備をかさねていたのである。

福島正則ら豊臣家恩顧の武将への破格の待遇も、要はその布石のひとつであったのだ。そして、これほど有効な布石はなかった。なぜなら豊臣家随一の荒大名とされた正則ほどの武将が、所領倍増によって、牙《きば》を抜かれた獅子《しし》となってしまうのである。

だが、慶長六年、広島城に堂々入城した正則には、まだ、そのような不吉な予感はなかった。戦国の武将として当然のことながら、己れを厚く遇してくれた家康に、心からの感謝があった。しかし、歴史的にみるならこのとき、すでに正則は、豊臣家恩顧の大名から徳川家恩顧の大名に変身していたのだ。ただ、その変身が完全に行なわれえなかったところに、福島正則の悲劇があったのだ。そしてまた、そのことは正則が、牙を抜かれたとはいえ、まぎれもない戦国の武将であったことを物語っている。

正則の反骨

慶長《けいちょう》六年（一六〇一）、広島城城主となったとき、福島正則《ふくしままさのり》は、すでに四十歳、分別盛りの壮年である。天下の大勢がもはや動かしがたいものであるということはわかっていた。また五十万石の太守《たいしゅ》として、己れの地位と家臣を守りとおさねばならない責任も自覚していた。

だが、悲しいかな、正則はあくまでも戦国の武将としての心情までを捨て去ることはできなかった。彼は事実上徳川《とくがわ》恩顧の大名となってのちも、かつての主家秀頼《ひでより》に対しては、深い愛着の念を隠すことができなかったのである。

たとえば、慶長八年、家康の孫娘千姫《せんひめ》と秀頼の婚儀が行なわれた際、正則は豊臣家恩顧の大小名《だいしょうみょう》の音頭をとって、秀頼に対して今後も変わらぬ忠誠を尽くすよう起請文《きしょうもん》を書かせたということである。

さらに五年後の慶長十三年、徳川家と豊臣家の仲が公然と悪化しているさなかに、重い疱瘡《ほうそう》を患った秀頼のもとへ早々に駆けつけ、日夜看病につとめたという。

こうした正則の豊臣家に対する行為は、それがきわめて人間らしい真情に発するものであることを、あの人間通の家康が理解しないはずはない。正則の打算を度外視した行為は、いつ徳川家に対する反逆行為に転化するやもしれぬ。すべてを綿密な計画のもとに着々と実行し、天下統一を目前にした家康にとって、いつかはとりのぞかなければならない危険な火種としてしっかり記憶されてしまったのである。

さらに家康をして正則を危険人物視させるような事件がおこった。世に伊奈図《いなず》書《しょ》切腹の一件といわれる事件だ。

事のあらましは次のごとくである。

関ヶ原の戦いの直後、京都の人心はまだ戦々恐々として落ちつかぬ状態であったので、家康は直参《じきさん》の士伊奈図書に命じて鉄砲衆三百人に京都三条《さんじょう》口の番所を警衛させた。

このとき正則は凱旋の帰途で山科《やましな》に在陣していたが、家臣佐久間加左衛門《さくまかざえもん》なる侍《さむらい》を息子正之《まさゆき》のもとに使者に出した。主命をおびた佐久間はいそぎ三条口に至って通過許可を請うたところ、伊奈図書の部下たちは使者の言い分を聞こうともせず、多勢をもってとり囲み、竹杖《たけづえ》で打擲《ちょうちゃく》して追い払ったというのである。

佐久間は使者としての任務を果たせなかったことを恥じて、事の次第を主人正則に知らせたあと、

「相手図書殿に候間、哀れ敵《かたき》を御取り下され候はばありがたく存じ奉候」

と叫んで切腹してしまった。

正則は佐久間の死を哀れむとともに、伊奈の横暴をおおいに憤って、家康の側近井伊直政《いいなおまさ》のもとに佐久間の首を送りつけ、かわりに伊奈の首を要求した。直政は驚いたが、なんといっても伊奈は直参である。彼のかわりに直接手をくだした鉄砲衆三百人の首を進呈するから勘忍するよう正則に頼み込んだ。

だが、正則は承知しない。それどころか、

「臣もし彼が首を見るあたわざれば、臣が忠節はおわれり」

とひらきなおるのであった。家康はこのことばを聞いて、
「さてさて聞き及びたるより、気違いにて候。いまほど大事の前の小事にて是非に及ばず候」
と言って、しかたなく伊奈図書に切腹を命じたというのである。伊奈の首級を得て、正則はおおいに喜び、大津まで令を言上しに出かけた。

このエピソードは、今日のわれわれに、いかにも戦国武将らしい荒々しい気風と、一抹《いちまつ》の爽快感を伝えてくれる。戦国武士道の面目躍如たる感があるのだ。

自分の家臣が不当に辱《はずかし》められたとき、主君はその辱めを自分に加えられたものとしてうけとめるという、いきいきとした君主の一体感がそこにみられるであろう。佐久間は二百石の家臣である。伊奈は一万石の直参だ。そうした身分の違いをものともせず、天下の家康に対して理非曲直を正すよう要求する昂然《こうぜん》たる正則の態度に、わたしはすでに失われつつあった戦国武士の潔い武士道と反骨を感じ、この一事だけでも正則に好意を寄せてしまうのである。

だが、こうしたことは今日だからいえることなのだ。のちに正則が改易されたた

とき、それを正当化する理由の第一にこの伊奈図書切腹の一件があげられている。正則が横車を押しとおしたというのである。それがたとえ横車であっても、その相手が家康であるということが、正則の気骨を示していておもしろいのだが……。

だが、この一件も家康の記憶に深くとどめられたはずだ。いまは手を下せないが、やがてかならず自分に反抗がましい態度をとった正則に手痛いしっぺ返しをしてやろうと。

こうした一件のほかに、またしても家康を不愉快にするような事件が、慶長十二年におこった。正則の嫡男《ちやくなん》正之の乱行がはなはだしく、道行く人にやたらに鉄砲を撃ちかけたり、あるいは父正則の葬式のまねをしたりして、もはや正常人とは思えないというので殺害してしまった。わが子を殺さねばならなかったということは、正則にとって大きな不幸であったが、さらにわるいことには、この正之は家康が正則の歓心を買うために、かつて自分の外姪松平康元《まつだいらやすもと》の娘を養女にして嫁がせていた。その縁が正之の死によって、正則の側から切られたのである。

こうしたさまざまの出来事は、家康の決意をますますかたいものにしていた。

大坂城と秀頼を滅ぼした暁には、かならず正則をのぞかずにはおくまいと。なにごとも大坂城落城までの辛抱と。

牙を抜かれた獅子

家康の待望した日がついにきた。慶長《けいちょう》十九年(一六一四)大坂冬の陣と、その翌年の元和《げんな》元年(一六一五)大坂夏の陣の両役でさしも難攻不落をうたわれた大坂城は落城、秀頼《ひでより》も淀君《よどぎみ》も城とともに滅びた。

このとき、かの硬骨漢福島正則《ふくしままさのり》はなにをなしたか。

じつは、なにもなしえなかったのである。冬の陣では、黒田長政《くろだながまさ》や加藤嘉明《かとうよしあき》らとともに、大坂従軍すら許されず江戸《えど》残留を命じられていたし、夏の陣でも正則だけが人質のようなかっこうで江戸にとどめられていた。

これは家康が正則の去就に疑いをもったということからでた処置でないとはいえない。だが、前にも述べたように、正則がいかに豊臣家に愛着をもっていようとも、関ヶ原の戦いのあと、すでに天下の形勢は定まっている。なんとか豊臣家の存続だけははかりたかったが、そのために五十万石を捨てるつもりはなかった。戦国を生き抜いた武将は、また現実主義者でもあるのだ。

そうしたことを家康は十分承知していた。承知していたからこそ、わざと正則を江戸にとめおいたのだ。もうこれ以上彼に武勲をたてさせることはない。家康はもはや正則を必要とはしていないということを思い知らせたのであった。

家康の正則に対する報復は、こうしてはじまった。このときの正則の心裡《しんり》これ哀れである。従軍しても苦しかっただろうが、己れの戦功にかえて秀頼の命乞《ご》いをするという、たとえ望みはなくても武士らしい道が残されている。だが、それも許されず、しかも家康に疑われているというおそれがないまぜになって、すっかりとり乱してしまった正則のようすが、真偽のほどは確かではないが、いろいろと巷《ちまた》でとりざたされている。

そのうわさのひとつをあげてみよう。江戸に残留して籠《かご》の鳥の身でありながら、いよいよ戦端がひらかれたことを知ると、海道筋に多勢の家臣を配してそのようすを頻繁《ひんぱん》に報告させ、はじめ大坂城の守備が堅固のため寄手が攻めあぐねていると聞いて、たいそう機嫌《きげん》よく、「さてさてあの若僧どもがよくやることよ。それもそのはずだ。なんたって太閤《たいこう》が心を入れてつくった城だもの」というようなことを言いながら、ほくほく喜んでいたという。だが、家康の謀略にひっかかって和睦《わぼく》になったことを知ると、「ああ、してやられた」と長大息して、意気銷沈《しょうちん》したと伝えられる。

あるいはまた、この大坂の陣の直後、茶坊主が失策をおかしたのにかっと憤って、手討ちにしようと脇差を抜きはなったところ、くだんの茶坊主は転ぶように逃げだしながら、「秀頼公を見殺しにしておいて、家来のわたしを手討ちにするとは、なんという殿だろう」と悪態をついた。この非難はぐさりと正則の胸を刺したらしく、とたんに涙ぐんでそのまま奥に入り、被衣《かずき》をかぶってうち伏せてしまったという。

こうした話は、つくり話かもしれないが、正則の矛盾した心理をうまくいいあてている。いつの世の庶民も敗者にひそかな同情を寄せるものである。徳川《とくがわ》方についた豊臣家の大小名《だいしょうみょう》は多勢いるが、もしかしたら正則だけは、という期待とそれがはずれた恨みがこのようなエピソードをつくりあげたのであろう。けっきょく、正則は豊臣家が滅びていくのを手をつかねて見過ごしてしまった。このことは死ぬまで正則を苦しめたであろう。

それもこれもすべて広島城を失いたくなかったからである。戦国の武将にとって城のあるじとなることが、究極の夢だということはすでに述べた。その城はできるかぎり大きいほどよい。正則は家康によって二十四万石から五十万石の封土を保証されているのである。この封土と城を守るために、いかなる内心の懊悩《おうのう》も屈辱もしのぼうとしたのだ。

それは戦国武士の気風いまだ強く残る正則にとって、死にまさる苦痛であったが、城への欲望は死を超えたものであったのだ。封土を子孫に伝えたいとする欲望は、一個人のモラルを超える本能でもあった。加藤清正《かとうきよまさ》にしても、福島正則にしても、かつての死をものともしなかった戦国の勇将が、いったん手中にした勝利——城と封土をわが子に無事継がせるために、狂奔するのである。そのために、徳川家に深く深く頭《こうべ》をたれることも辞さなかった。

しかし、これほどの代償を払って獲得した城と封土を、在城十九年後の元和五年、正則は徳川家にすべてを奪われてしまうのである。このとき正則は五十九歳。家康はすでに三年前に没していたが、改易の処分をうけた正則は、家康の笑う顔をはっきり見たであろう。

福島正則の改易は、家康のはじめからの計画であり、それはまた言い換えれば、かつて正則が歓喜に酔いしれて、築城間もない広島城に入城したときから定められていた運命ともいえるだろう。

改易の顚末

福島正則《ふくしままさのり》の改易の原因は、公的には正則が広島城をひそかに修築して天下の大禁を犯したことを事由としている。徳川《とくがわ》時代の公的文書はすべてこの説をとっている。『東武実録』『諸家廃絶録』『寛政重修諸家譜』などがそれだ。たとえば『東武実録』によれば、

「公儀を窺《うかが》はずして広島の城新《あらた》に石壁を築き、城池を掘り、其《そ》の城郭内を繕《つくろ》ふ事、大神君の御遺法に背《そむ》く、其の罪遁《のが》れ難《がた》し、早く二州を捧《ささ》げ城を渡すべし」

という幕命を、正則は元和《げんな》五年（一六一九）六月九日、江戸《えど》の藩邸でうけとっている。うけとった場所が広島城でなく、江戸の藩邸であったということからも、すでにこの改易処分が周到な準備のもとに仕組まれたものであることを示している。

かつて武勇ならぶものもないといわれた戦国の猛将も、家臣から遠く切り離されては、いわば手足をもがれた鳥も同然である。

もともと、広島城修築の件は元和三年以来のことなのである。この年、太田川《おおたがわ》が氾濫《はんらん》して三の丸まで水びたしとなり、石垣や濠が決壊したので、正則は城の修復許可を幕府の執政本多正純《ほんだまさずみ》に再三再四、願い出ていた。

だが、そのつど本多正純は「折をもって申し上げましょう」とくり返し、また『福島正則記』など正則側の史料によれば、正則は正純ととりわけ親しい仲なので、城普請をしたいと相談すると、正純はごく気軽に、

「少しばかりの儀に候間、言上に及び申さず候。内証にて普請致され候え」

と、かえってそそのかしているのである。

正則は元来、単純な武将である。幕閣随一の実力者本多正純がそう言ってくれるのだからと、さっそく元和五年の正月から修理にとりかかって、矢倉塀《やぐらべい》を打ちこわし、石垣を組みなおして、二月中にはほとんど修理は終わった。

三月には、参勤交代のため広島から舟で出発、同月下旬に江戸に到着した。

そこへ突然、四月一日に将軍上意として広島城無断修理を問責する使いがやってきたのである。

「武家諸法度《ぶけしょはっと》」第六条の「修理といえどかならず届け出ずべし」という禁令に違反したというのだ。おどろいた正則はすぐさま使いを走らせ、広島城の修復箇所をとりこわさせて、いったんは事なきかのようにみえた。

だが、はじめに述べたように、正則は江戸邸にとどめおかれたまま、六月には改易の申し渡しをうけるのである。その江戸にある正則を処分するために、秀忠《ひでただ》と本多正純ら幕閣はわざわざ上洛《じょうらく》、伏見《ふしみ》城で秘密会議を行なった。幕府がいかに正則の処分に慎重であったかを知ることができよう。

正則は老いてもなお獅子《しし》として恐れられていたのだ。いや、獅子としての牙《きば》を完全に失っていないとみられたため、できうるかぎり無力な状況に追いつめたうえで、処分に踏みきったのである。

正則に対する幕府のこうした処置が、むろん正史には載っていないが、家康の遺言によるものだという巷《ちまた》の説はうなずけるところだ。

『道斎記《どうさいき》』や『故老諸談《ころうしょだん》』などの著書には、そのことがはっきり記されている。たとえば、家康の子秀忠のことばとして「福島が身代をとりつぶし候えと権現様《ごんげん》(家康)上意なりしが……」というように。

正則も、自分が本多正純の罠《わな》に落ちたことを悟ったであろう。その背後に、いまはない家康の確固たる遺志をもみてとったにちがいない。そうである以上、この陥穽《かんせい》を逃れるすべはあるまいと、覚悟をかためたことも想像できる。

かくて正則はその後につづく幕府の外様大名《とざまだいみょう》改易政策の、最初の犠牲者となったのである。

戦国武士道

けっきょく、正則《まさのり》は安芸《あき》・備後《びんご》(ともに広島県)二国を召し上げられ広島城を追われて、遠隔の地津軽《つがる》をあたえられることとなったが、幕命を伝える牧野忠成《まきのただなり》と花房正成《はなぶさまさなり》の両氏に対して、正則はしばらく沈黙ののち、ややあって静かな口調で、

「大御所（家康）世にまします時ならんには、正則申すべき事もありなまし。当代（秀忠《ひでただ》）に向ひ参らせて、何事をか申すべき。とにもかくにも、仰せにこそ随《したが》ふべけれ」

と答えたという。

その潔《いさぎよ》い態度に、聞く人はみな感涙にむせんだと、正則の悪口ばかり言っている後世の歴史家新井白石《あらいはくせき》ですらほめている。幕府もあまりに苛酷《かこく》に過ぎては世の非難を招くと思ったのか、津軽《つがる》を変更して越後《えちご》（新潟県）魚沼《うおぬま》二万五千石と、信州（長野県）川中島《かわなかじま》二万石の合計四万五千石をあたえ、正則とその子正勝《まさかつ》は信州高井《たかい》郡高井野《たかいの》に蟄居《ちっきょ》を命じられた。

元和《げんな》六年（一六二〇）、正勝が没すると、幕府はただちに越後二万五千石をとりあげた。わが子に先立たれた正則はそれから四年後の寛永《かんえい》元年（一六二四）七月十三日、そのあとを追うようにして死んだ。享年六十四歳。

だが、正則の亡きあとも幕府は追討ちの手をゆるめなかった。幕府の検使堀田《ほった》正利《まさとし》が配所に到着するまえに、家臣がその遺体を火葬に付したことを口実に、残ったわずか二万石の所領も没収してしまったのである。

無一物から出発した正則は、死してまたそのすべてを失ったのである。英雄の末路として哀れむべきであろう。

しかし、そうは思うものの、正則の生涯を顧みるとき、その悲惨の末路にもかかわらず、なぜか一抹《いちまつ》の清涼感が残る。それは、正則の、いかにも戦国の武将らしい豪快な生きざまによるのかもしれない。

正則はけっして完璧《かんぺき》な名君といわれるタイプではない。むしろ短気で過誤の多い君主であった。なによりも大酒飲みであった。ときには酔中に狂態を演ずることもあったらしい。かつて酔って前後不覚のままに、家臣の柘植清右衛門《つげきよえもん》なるものに切腹を命じてしまい、酔いがさめたところで、すでに清右衛門がないことを聞いて、正則は「肝をつぶし、声をあげ泣かれしとなり」というようなこともあった。

こうした性癖は、殺伐とした戦国の名残として、たしかに残っていただろう。だが徳川《とくがわ》方の史家がいうように、これらが正則のすべてではない。名君ではなかったが、名将ではあったのだ。次のような話もある。

その家臣に二万石を有する小造大膳《こづくりたいぜん》なるものがあった。この大膳を、広島城普請の際、衆人の前で正則はこっぴどく怒鳴りつけた。大膳も気短な男で、こんなにしかられてはもはや男が立たないと、二万石を投げだして離国しようとした。そんな大喧嘩《げんか》をしながら、後年、大膳が大病にかかると、正則は水ごりまでして天照大神に回復を祈願し、そのかいもなく大膳が死んでしまうと、声をあげて泣き、

「小造のようなる侍《さむらい》は、塩にしてなり共、置きたきもの」

と嘆いたというのである。

このほかにも、正則がいかにも戦国の武将らしい率直さをもって、その家臣を愛したかという逸話は、枚挙にいとまがないほどある。

徳川方の史家はその改易処分を正当化するために、なんとかして正則を暴虐残

忍な君主にしたてあげようと努力しているが、そうした歪曲《わいきょく》された人物像からでさえ、伊奈図書《いなずしょ》切腹の一件のように、正則の豪快な風貌《ふうぼう》がにじみでてしまうのである。

正則が戦国の武将らしい武将ならば、その家臣もまた戦国の士らしくみごとであった。

広島城に改易の知らせがとどいたとき、あるじの正則は江戸《えど》にあり、その子正勝は京都にあったので、留守居の責任は家老《かろう》の福島丹波《たんば》が負っていた。

丹波をはじめ、広島城の家中一同は、国替《くにがえ》の報を聞くとただちに籠城《ろうじょう》の準備をなし、もしも幕府方が一歩でも領内に踏み込むならば、町を焼き払うので町人どもには退去を命じた。そして上使に対して、もしもあるじの正則の命令書があるならば、この場で上使に城を明け渡してもよいが、さもないときはたとえ、

「上様御馬出で候とも、なかなか城渡し申すまじき……」

と言いきるのである。

そうした緊迫した状況のもとに、さらにひとつの出来事がかさなった。林亀之《はやしかめの》

丞《じょう》なる士がたまたま遠出をしていたために籠城の非常召集を知るのがおくれて、駆けつけたときすでに大手門が閉ざされていた。

亀之丞はおくれたと知ると、やにわに門前にすわり込んで、家中の奮闘を祈ると大音声でよばわったのち、みごとな切腹を遂げて果てた。

そうした福島家中の必死の覚悟をみてとった上使は、いそぎ正則自筆の家老あての命令書を早馬でとどけさせた。正則自身の命令とあって家中のものは城中の要所要所に武器を飾り、その目録を壁に掲げ、また塵《ちり》ひとつ残らぬよう清めて名香をたきこめ、静かに退城した。

これほどみごとな城の明け渡しは、かつてなかったという。福島正則とその家中は、広島城を失ったが、その去りぎわの潔さによって、戦国武者としての意気を歴史に残したのである。福島正則は、広島城を得ることによってよりも失うことにおいて、本来の戦国の勇将にもどったといえるかもしれない。

伊予松山城

北畠八穂

きたばたけ・やほ

1903年〜1982年。主な作品に「右足のスキー」「鬼を飼うゴロ」「津軽野の雪」など。

気味よい男加藤嘉明の築城

四国とあれば、旅ものどか。瀬戸内海を高松に渡って、栗林《りつりん》公園から屋島の古戦場を行き、サヌキ＝コンピラ様に千の石段をカゴで詣《まい》り、つぎは砂原にバカデカイ文銭がかいてあるのを松丘からおどろき、さてそのつぎ、予讃《よさん》線松山駅におりれば、目向こうに、三重の白い天守閣がそびえ立つ姿のいい名城松山城に、

「あっ、おう」

と息をのみ、「んう」となりました。

残念にもいまはビルにさえぎられたそうです。

（これが、あの気味よし男加藤嘉明《よしあき》築城の）

と、いっそう目をみはるのでした。

加藤嘉明は、徳川の臣、教明《のりあき》の子。

生まれた翌年、生国三河《みかわ》(愛知県)から、尾張《おわり》(同)に逃げていかねばならなかったのが、はげしく変わる運命の第一歩。これは、父教明が、徳川にさからった一《いっ》向一揆《こういっき》に加わって負けたからでした。

嘉明がまだ幼いうちに、両親は浪人ぐらしの苦労で死に、みなし子になった嘉明は、人の手から手に、諸国を流れ歩きました。

『太閤記《たいこうき》』によると、嘉明は、近江国《おうみのくに》(滋賀県)の馬喰《ばくろう》の下働きになって、とても苦労したようです。が、もって生まれたたちか、苦労で鍛えられたか、嘉明は、苦労を栄達に変える強く勇ましい性質でした。

それがとうとう認められるときがきました。

十五のときです。羽柴秀吉《はしばひでよし》の臣加藤景泰《かげやす》が、

(この少年こそ、みどころがある)

と、目をつけ、主《あるじ》秀吉に口ぞえしてくれ、嘉明は、天下の気味よし男秀吉の家来になることができました。

嘉明のすばしこさは、同じように機会をつかむことにすばしこい秀吉のおおい

に気に入りました。

秀吉が、主信長を殺した明智光秀《あけちみつひで》を討つ山崎の合戦に、嘉明は光秀軍を破り、つづいて翌年、秀吉の目の敵《かたき》、柴田勝家《しばたかついえ》との合戦に、二十一歳の若さであの有名な賤《しず》ヶ嶽《たけ》七本槍《やり》のひとりになる手柄をたてたのでした。

翌々年秀吉が関白《かんぱく》になったとき、二十四歳の嘉明は、従五位下、左馬助《さまのすけ》に任じられ、淡路国《あわじのくに》(兵庫県)志知《しち》城主一万五千石の大名になりました。

二十六歳の嘉明は、秀吉の島津《しまづ》征伐に、脇坂《わきさか》・九鬼《くき》とともに、兵船を仕立てて、島津の領土薩摩《さつま》(鹿児島県)に攻め込んで、戦功をたてました。

二十九歳では、秀吉の北条《ほうじょう》攻めに従って嘉明は船を率いて伊豆《いず》(静岡県)下田城の攻略につき、武将として名高くなりました。

北条氏を滅ぼした秀吉は、天下様になりました。

国中を平らげてしまった秀吉は、海外に目を向け、まず朝鮮の王に、

「明《みん》国征伐の先案内をしなさい」

と命じました。

明は大国です。朝鮮は、秀吉の言いつけに従いませんでした。

そこで秀吉は、朝鮮に出兵をすることに決めました。文禄《ぶんろく》の役です。

秀吉は、陸軍と海軍を編制しました。

嘉明は、千人の水軍を率いて朝鮮に向かい、陸軍先発隊のあとにつづいて、釜山《プサン》に入り、朝鮮海峡を手のうちにおさめました。

朝鮮王から使いがきて、和睦《わぼく》が成ると、秀吉は兵を九州に引きあげさせました。

この文禄の役に手柄が抜群だった嘉明は、伊予《いよ》（愛媛県）の松前《まさき》（正木）城主六万石にとりたてられました。

たちまち四倍大きい殿様にされたのです。

嘉明が移ってきてみると、正木城は、西は海、外三方は入江の沼、本丸・二の丸があって、まァ攻めるにかたく、守るにやすい城ではありましたが、ちっぽけでした。

この城に、嘉明はそうながく住みませんでした。

そのうち秀吉は、文禄の役後、明が言いつけに従わなかったので、ふたたび朝鮮から明に攻め込もうとしました。

嘉明は、長宗我部《ちようそかべ》や藤堂《とうどう》・来島《くるしま》たちと六番手になり、兵力二千四百人で出陣しました。

嘉明は、向かってきた敵船に、とび移り、船もろとも敵の将兵をとりこにしました。

冬になって、加藤清正《きよまさ》が明国海軍に四方を囲まれて攻められ、食糧が少なくなって苦しんだところを、嘉明は黒田長政《ながまさ》らとたすけに行き、厚く囲んだ明軍を破り、清正を救い出すことができました。

この戦功で、嘉明は、十万石に加増されたのです。が、秀吉は病気が重くなり、伏見城《ふしみ》で死にました。遺言で、朝鮮から順々に日本兵は引きあげたのでした。

秀吉の死後、天下は徳川家康のものになりかけました。

徳川・豊臣天下分け目の関ヶ原の戦いになったとき、嘉明は、徳川の先陣となり、敵将石田三成《みつなり》の軍を破りました。

これで嘉明は、家康から二十万石の大名にとりたてられました。

すばらしい勢いの嘉明は、築城をくわだて、松山平野の中心である勝山《かつやま》に目をつけました。勝山は味酒山《みさけ》として、歴史に名高いところでした。正木城から、味酒山に城を移すことになりました。

まず城下町の素地づくりに、石手川の手入れをして、洪水《こうずい》をふせぎ、城を敵から守り、城下町の人が使いよくし、近郊の田をうるおすようにしたのです。つづいて伊予川の手入れをしました。

慶長《けいちょう》七年（一六〇二）一月十五日、勝山城を築く起工式をしました。本丸・二の丸・三の丸の位置を決め、天守閣をつくろうとしてです。

城下町をつくるのに、武家屋敷の地割りをし、商家町を亀屋町・鶴屋町・松屋町と決め、坊主町・鉄砲町と、仕事によって住み場をまとめました。

松前町には、正木から住民を移し、唐人町《とうじん》には、朝鮮の役でとりこにしてきたものを住まわせて、向こうの手仕事をひろめさせました。

城は石垣からです。その石は、正木城からも運ばせました。正木城下町の魚売り女は、頭に重い荷をのせてじょうずに運びます。この女衆に石運びを頼みました。

魚売り女を「おたた」とよんでいました。城の石運びをした「おたた」がその後、頭にのせる器《うつわ》を御料ビッとよばれたのは、城の石運びのおかげです。

「おたた」たちは、城の石運びに、

〽長いものぞな、松前のかづら
つるは松前に、葉は松山に
花はお江戸の城に咲く

と、うたって、かいがいしく働いたそうです。

嘉明夫人は道のわかれ目に立って、「おたた」たちに握りめしを手渡し、その労をいたわったということです。

城のカワラを山の上に運ぶには、三万の農民を並ばせて、手から手にカワラを渡し、一夜のうちに運び上げた足立半右衛門《あだちはんえもん》という知恵者がありました。

慶長八年十月、嘉明は正木から住民とともに新城に移ってき、勝山の城は松山城と名づけられました。あと二十年、城はつぎつぎと手が加えられて完成したのです。

完成した寛永《かんえい》四年（一六二七）、嘉明は、会津《あいづ》四十万石にとりたてられて移っていきました。

城の完成の上に、嘉明は、城のふもとまで、溝《みぞ》をつくって船を通わせようとしていたのでしたが、それは仕残しました。残念だったことでしょう。

俎石の伝説をつくった悲劇の忠知

その後に、出羽《でわ》国上の城から、蒲生忠知《がもうただとも》が松山城主として移ってきました。

この忠知は、俎石《まないたいし》の伝説をつくった悲劇の城主でした。

ある年の秋、忠知の家来、鷹匠《たかじょう》の中村忠四郎が、忠知の命で、伊予《いよ》の鷹名所で、鷹ならしをしていました。

忠四郎は尺八の名人でした。ある晩、あまりよい月なので尺八を出して吹き、自分の吹く音に酔《よ》い心地でした。

するると、そこへ仲間のひとりが現われ、

「殿が、いそぎのご用だ、来い」

と、連れだってその山をおり、三谷山へさしかかると、仲間は、みるみる雲をつく大男になりました。そして、

「わしは、奥山に住むマモノの一族だ。頭《かしら》が、おまえの尺八を聞きたいと望んでいる。いやとあれば、命はもらうぞ」

忠四郎はびっくりしたが、鷹ならしの君命を果たすまでは、たいせつな身と、大男のいうとおりその背におぶさると、大男は、サッととんで、三十数キロも山奥のトリデに連れていきました。

そこには、美しいマモノの頭の女がいて、

「どうぞ、尺八を」

と頼まれ、忠四郎は、五、六曲、落ち着いて吹きました。美しい女頭目《とうもく》は、とて

も喜んで、「これを御礼に」と、小箱をくれ、

「この箱はあけずにたいせつに持っていれば、持ち主は財産家になり、栄えます。が、もしも、まちがってあければあけ手の命もなくなり、その家も絶え果てるもの」

と言いそえました。

忠四郎は、だれにも知らせず、その小箱を隠しておきましたが、隠すほど、現われるもので、どこかからうわさになり、それが主君忠知の耳に入りました。忠知は、

「ぜひ、見せてくれ、いや、見せろ」

と、きつく出ました。

忠四郎は、しかたなく、小箱を殿様の前に持って出ましたが、

「これは、きっと明けないでいただきとうございます。これこれのいわれがあるそうで」

と、山トリデの美しい頭に言われたとおりに、主君忠知に頼んだのでしたが、

「なにッ、そんなマモノ連れの言うことを」

と、忠知はむっとしたさまで、小箱をハッシとたたきわりました。

中から一枚の紙がヒラヒラと舞い上がり、その紙には「蒲生家断絶」と書いてありました。

はげしく怒った忠知はサッと刀を抜くなり、忠四郎の首を斬《き》り落としました。

さァそのあとは、忠知は心が落ち着かなくなり、蒲生家には、あやしいできごとばかりがつづきました。

忠知は、わけのわからない病気になり、冬なのに城の堀にたくさんの蛙《かえる》が毎晩鳴き、病気づかれの忠知の神経をいらだたせました。

ついに、がまんの緒《お》が切れた忠知が、

「だまれ、無礼な蛙めら！」

と、どなったひょうしに、ピタッと蛙の声はやみました。それからは、春がきても夏になっても、蛙はひと声も鳴かないのでした。

そのつぎの冬には、蜂《はち》の大群が押し寄せ、ウアッと羽を動かした風で、火がおこり、殿様の住む御殿は、燃えつくしました。

こんなへんなことつづきで、もとは名君と慕われた忠知は、険しい乱暴な殿様になってしまったのです。

忠知の子は、生まれるのも、生まれるのも女の子ばかりでした。男の子の跡継ぎがなければ家をつぶす幕府の決まりでしたので、忠知のいらいらはつのりました。

男の子の生まれるのを願うあまり、みごもった女をねたむ心が強くなって、領内のみごもった女をさらってきては、城の庭の大石の上にのせ、その腹をたちわって、中の子どもが女か男か調べて殺しました。が、出てくる子は、どれも女でした。

忠知のいらいらはつのるばかりでした。その心から、からだは弱るばかりで、とうとう三十歳で忠知は死んでしまい、小箱の中から出た紙片に書いてあったとおり蒲生家は断絶してしまったのです。

みごもった女をのせて、斬り殺した大石は、いまも二の丸の城跡にあり、俎石とよばれて、気味わるがられています。

また、斬り殺した女たちの屍《しかばね》を捨てたといわれる三の丸灰部屋の跡には、夜ごとに女の幽霊が現われ、赤子の泣き声がすると言い伝えられました。もうひとつ、城の堀の蛙が、いまもってひと声も鳴かず蛙としてふしぎがられているそうです。

このほかに、松山城には、久松《ひさまつ》家が城主になってから、跡取り騒動があって、本家を分家が殺し、分家の子を殿様にしたが、その殿様の子を、さきに殺された本家の子が殺そうとした、むごい言い伝えもあります。

幕府の許可を得て天守を三層に

蒲生《がもう》家が断絶した翌年、桑名《くわな》から松平定行《まつだいらさだゆき》が、松山城へ移されてきました。

定行の父定勝《さだかつ》は、徳川家康と父は異なりますが、同じ母から生まれた兄弟でした。家康の母は、家康を生んだあと、そのころの徳川家のよんどころないわけがあって離縁になり、久松《ひさまつ》家に再婚して、定勝を生んだのでした。

家康が世に出てから、この母の同じ定勝に、徳川のもとの姓松平を名のらせたくらいに、たいせつに扱いました。その子定行は、幕府におおいに信用があったのです。だから、定行を松山城に据《す》えて、四国一帯に、にらみをきかせようとしたのでした。

定行は、ゆきとどいた殿様でした。松山城に入るなり、馬で城下町を見回りました。

松山城は、まことに質素でした。家の屋根は、杉皮ぶき・茅《かや》ぶき、ぐるりは篠《しの》竹で囲い、塀をまわす家は、ほとんどありませんでした。

武士たちは、阿波国《あわ》(徳島県)からはやってきた納戸《なんど》茶染の木綿着、裏も袖《そで》口も同じ色、帯は紺染と決まっていました。

町人・百姓はみな浅黄色の着物で、縞《しま》とか模様とかはなく、諸事質素でした。

「これでよし」と、定行はうなずいたのでした。

定行が松山城へ入って二年たち、島原キリシタン衆の乱がおきたので、佐賀まで出向いて万一にそなえたが、それほどのこともなく、キリシタン衆は滅び、定行は松山城へ引きあげました。

その翌々年、定行は幕府の許可を得て、天守閣をつくりかえました。これまで五階だったのですが、天守閣の建っている地盤が、谷を埋めた山頂なので、すわりよくするために、三層に建てかえたのです。

天守閣をつくって五年目に、城主定行は長崎へ出向いて、外国船と交渉の役を命じられました。

領内の船を三津浜《みつはま》に集めた定行は、真夏七月四日に発《た》ち、十六日に長崎の港に着き、船の中に寝泊まりして、黒船とわたりあったのでした。

このときの黒船は、さきに寛永《かんえい》の鎖国をしたとき、わが国から追っ払われたポルトガルから、またよこされた船でした。

この船は、ポルトガルがイスパニヤ(スペイン)から独立して、ジョン四世の世になったと知らせにきたものでした。

黒船は堂々としていました。が、定行は負けずに海上をきびしく守り、なんのゴタゴタもおこさず、ポルトガル船は長崎を引きあげていきましたので、定行は国を背負った大任を果たして、ようよう松山城に帰りました。

歴史は流れて、明治維新が近づき、慶応《けいおう》三年(一八六七)十月十四日、徳川幕府は政《まつりごと》を朝廷におかえし申し上げたいと申し出、翌十五日にこの願いがうけ入れられ、三百年の徳川幕府は終わりを告げました。

このたいへんなときに、松山藩では重役たちが、幕府が政をかえしたのだからと、君主定昭《さだあき》に老中職を辞《や》めるようにすすめました。

老中を辞めた松山藩を、徳川・会津《あいづ》・桑名《くわな》の徳川連合は喜びませんでした。戊辰《ぼしん》の役になって、朝廷方は、徳川方とぶっつかり、松山藩では徳川の親藩として、摂津《せっつ》(大阪府・兵庫県)の守りについたが、老中を辞めたことを快《こころよ》からぬ会津・桑名の味方は、そっぽを向きました。松山藩は立つ瀬がありません。朝廷からは、徳川方を討てとなり、松山藩は討たれる朝敵となりました。

藩の議論はふたつにわかれました。おとなしく朝廷に降参したほうがいいというのと、徳川の親藩だから、朝廷側の薩長とトコトンまで戦おうとするのとです。藩主定昭は、朝廷に従いました。朝廷側のうちでは、徳川を思いやっていた土《と》佐《さ》藩が、松山城をうけ取りにきて、保護しました。

城主定昭は、松山郊外の東野にある吟松庵《ぎんしょうあん》に退き、養父勝成《かつしげ》が、藩政をみました。

明治三年（一八七〇）十月、松山城の三の丸が焼け、藩庁を二の丸に移し、翌四年一月四日、勝成が退いて、定昭が松山藩知事になりました。

この年七月、藩をやめ県になったので、藩知事は全部、東京に移り、華族になりました。ここで松山の殿様はなくなったのです。

主《あるじ》はなくなりましたが、城は残りました。

松山県になり、松山城は兵部省《ひょうぶ》のものになり、明治五年、二の丸が焼け、六年、全国の城はとりこわしと決まり、名城松山城もながい歴史のあとを、とりこわされました。

その跡は、松山公園になり、聚楽園《じゅらくえん》と名づけられました。

明治十九年六月、二十二連隊が松山城址《じょうし》にでき、二十一年、歩兵第十旅団司令部が置かれました。

大正十二年（一九二三）、定昭の養子定謨が、松山城の払い下げをうけ、松山市に寄付しました。昭和八年、放火で小天守閣や回廊が焼けてしまい残念でした。

昭和十年五月に、松山城郭は国宝になり、戦後の二十五年、重要文化財に決まり、二十七年に国指定の史跡になりました。

詩魂の泉を秘めるたたずまい

そこで、この松山城領内の由緒をすこしさぐってみましょう。

まず天守閣にのぼってみましょうか。

ここからのながめは、道後《どうご》平野一帯を経て、はるか東に石槌《いしづち》山が主峰の四国山脈が南西に連なり、南西に石手川の堤が長く西海に注ぐところ、瀬戸内海の伊予《いよ》灘《なだ》、西北のイツキ灘との間に、忽那《くつな》七島がポツポツと散り、すばらしいものです。

東に見える道後温泉は、伊予の湯といわれ、大むかしから、よく効《き》くと言い伝えられました。白鷺《しらさぎ》がその傷をなおした湯をみて、人も浴び習った温泉と伝説があります。

また、大国主《おおくにぬし》と少彦名《すくなひこな》の二神が、伊予にきて、大国主が病気になり、この道後温泉につかって、シャッキリと治《なお》ったという伝説もあります。

大国主が、

「やァなおった」

と立ちあがったときの足あとのある玉の石が、いまも温泉の北側に置かれてあります。

この温泉には、景行《けいこう》天皇とその妃、仲哀《ちゆうあい》天皇と神功《じんぐう》皇后、聖徳《しようとく》太子、舒明《じよめい》天皇とその后《きさき》でのちの皇極《こうぎよく》天皇、斉明《さいめい》天皇と皇太子中大兄《なかのおおえ》——（のちの天智《てんじ》天皇）、大《お》海人《おあま》皇子（のちの天武《てんむ》天皇）がこられています。

なかでも聖徳太子は、道後温泉の碑を建てています。

歌人山部赤人《やまべのあかひと》が、道後へき、『万葉集』の巻三に載っている、

ももしきの　大宮人に　にぎたづに
船のりしけん　年の知らなく

の歌を詠《よ》んでいるのは、斉明天皇の行幸《ぎょうこう》をしのんだものだそうです。

『源氏物語』にも、伊予の湯桁《ゆげた》の数が話題になっています。

道後温泉は海から一里六丁の中国よみで二十三里離れ、入浴者を貴族民衆にわけて入浴室を決めた湯桁があったと、『六家集《ろっかしゅう》』には、

——伊予の湯の　湯桁の数は　左八ツ
右は九つ　中央は十六

松山には、なじみの「坊っちゃん」の作者夏目漱石《そうせき》も、親友松山生まれの子規《しき》と道後温泉をたびたび訪ねています。そのとき、

古塚や　恋のさめたる　柳ちる
色里や　十歩はなれて　秋の風

と、子規が詠んでいます。

むかしにぎわった花街から十歩ほど離れた寺の山門に腰かけて、松山城をながめると、絶景です。

道後温泉の南の冠山にある温泉センターの浴場に湯浴みすれば、松山城、道後平野がぐるりと見え、

山の上の　涼しき神や　夕詣《ゆうもうで》　虚子《きよし》

の句は、ここでできました。

道後公園と湯神社の岡の間を流れる御手洗《みたらし》川に景勝鴉渓があります。

ここにも子規は漱石といっしょにきて、

柿の木や　宮司《ぐうし》が宿の　門がまえ
百日紅《さるすべり》　梢《こずえ》ばかりの　寒さかな
亭ところどころ　渓《たに》に橋ある　紅葉かな

と、詠んでいます。

道後温泉には、

温泉を　むすぶ誓も　同じ石清水《いわしみず》

と、芭蕉《ばしょう》の句碑も建っています。

松山城の天守閣から東をながめ、道後の丘が南につき、南西に流れる石手川堤が見えはじめるそこ、道後駅から御手洗川を東へ一キロのぼったところが石手寺です。

この寺には、ふしぎな言い伝えがあります。

衛門三郎というドンヨクケチンボな大金持ちの話です。

あるとき、衛門三郎の家の門口に、ひとりの老いたお坊様が托鉢《たくはつ》にきました。

すると大ケチンボの衛門三郎は、

「この乞食《こじき》坊主ッ」

と老いたお坊様の持った鉢をたたきわりました。鉢は八つにわれてとび散りました。すると、衛門三郎の八人の子どもはつぎつぎと死んでしまいました。

衛門三郎は、とても悲しみ、わるいことをしたとおおいに後悔して、老いたお坊様のあとを追い、阿波《あわ》の十二番札所で追いつき、

「わるうございました。お許しください」

と、ひどく悔いてわびました。

この老いたお坊様こそ、弘法大師であったのです。弘法様は、衛門三郎の罪を許したばかりでなく、伊予の豪族河野《こうの》興利《おきとし》の子興方《おきかた》として生まれかわらせました。

興方が生まれたとき、その手に衛門三郎ときざんだ石をにぎっていたのです。この石を寺におさめ、寺の名を石手寺としたというのです。

なむ大師　石手の寺よ　稲の花　子規

という句があります。

石手寺山門下の石手川の分流は、養安寺螢《ほたる》という特別大きい螢がとびかうところで、芭蕉の螢塚があり、

このほたる　田毎《たごと》の月と　くらべみん

と、彫ってあります。

松山城の東郭《くるわ》は、城の表玄関でした。

昭和三十三年ロープウェー、四十一年リフトができ、人びとはこれにのっての

ぼりながら見おろすいい景色を楽しんでいます。

のぼりきった郭が、長者《ちようじや》が平《なる》といい、桝洗《ますあら》いの言い伝えがある長者の郭跡で、伊予ガスリをはじめた鍵谷《かぎや》カナ女の銅像があります。

伊予ガスリは、カナ女が、コンピラ詣《まい》りをしたとき、九州の人の着ていたクルメガスリを見てヒントを得て織ったとも伝えられますが、これはクルメガスリを発明した人の生年月日を考えると年月があいません。

カナ女が、古いワラやねをほどいているのを見たとき、そこから出た白いマダラのついたスス竹を見て、

(これだッ、このように織りたい)

とくふうしたのが、伊予ガスリだというほうがほんとうでしょう。

このあたりで、子規は、

松山や　秋より高き　天主閣

この子規が松山城下を歩いていて、

花むくげ　家あるかぎり　機《はた》の音

と詠んだのも、カナ女の残した手柄でしょう。

織物ではもひとつ、道後縞《じま》といわれた伊予結城《ゆうき》が、不満足な機で織りにくかったので、京の西陣《にしじん》から絹機の機を入れ、これを木綿機に改良して、りっぱな伊予結城を織り出したのも、松山城から出た知恵でした。

天明《てんめい》四年（一七八四）一月元旦《がんたん》の真夜半に、鳴りとどろいた雷が、城の天守閣と大書院に落ちて、本丸も焼きました。その火が火薬庫へ燃え移りそうになったとき、

「人こそ国の第一の宝」

と、火薬庫を死守しようとする士を、むりに退かせた話は、松山城のあとが残るかぎり、その輝きとなるでしょう。

この火事のときの城主の弟が、松平定信《さだのぶ》で、老中として幕政の改革を行なった

えらぶつでした。

名君も輩出した松山城に、俳人小林一茶《いっさ》もきて、

門前や　何万石の　遠がすみ

と詠み、松山城で月を見て、

人なみに　畳の上の　月見かな

と、一茶の句があるからには、あの一茶を城で月見させる風流な殿様も、松山城にはあったのでしょう。

この松山城ができたために廃城となった正木の古城跡では、そこに残った人びとは、まことに暮らしが貧しくなりました。

〽殿はおじゃらぬ、ただふるさとの

よもぎ、ちぐさに虫がなく
見るにつけても、古城の松は
雨にしょんぼり、ぬれている

その古城の城下に、作兵衛という百姓がありました。作兵衛が十五のとき、母が大病になり、

（一粒のアメでも、なめさせたいが）

と作兵衛が願ったのもかなわず、母を死なせました。これではならぬと作兵衛は、いちだんと励みだし、昼は田畑、夜はワラジをおそくまでつくりました。

そのワラジを、魚行商の女たち「おたた」の腰にぶらさげてもらって、売ってもらいました。作兵衛のワラジは丈夫で評判でした。

このように、かせぎものの作兵衛でしたから、やがて三段《たん》八畝《せ》の田畑も手に入り、嫁もきて、男の子と女の子も生まれました。

ホッとしたのも一時、そこへ享保《きょうほう》の大飢饉《ききん》がきました。まず作兵衛の家では、牛や馬が死にました。

つづいて父親が死に、子どもが死にました。作兵衛も、はって歩かねばならないくらいからだが弱り、何度か、

(これぱっかりは)

と、とっておきの戸棚の奥の麦の種をとり出しては、食べたいとながめましたが、

(いや、いや、これぱっかりは)

と、思いとどまりました。

いよいよ死にそうになった作兵衛の枕《まくら》もとに、自分たちも弱ったからだで、集まった村人は、

「作兵衛よ、麦種を食べて生きろよ」

と、すすめましたが、作兵衛は、もう絶えそうな息で、

「ことしの一粒が、来年の一万粒になる。わたしが死んで、麦種を守れば、来年は何百人かの人の命を守ることになる」

と、ついに食べずに死にました。

これが、百姓魂でしょう。

時の殿様松平定静《さだきよ》は、これを伝え聞いて、この作兵衛の名を後世に伝える石ぶみを建てました。いま、作兵衛の墓のそばに、麦種のカマスにもたれた作兵衛の座像があり、その近くに、

大寺の　かまどは冷えて　きりぎりす　子規

義農名は　作兵衛と申し　国の秋　虚子

吹かれきて　カラスのおりし　野脇かな　極堂

と、三つの句碑が建ち、このほかにも、

初鶏も　知るや義農の　米の恩　子規

宮たてて　稲の神とぞ　あがめける　子規

君が碑に　伊予十郡の　稲かおる　鳴雪《めいせつ》

と作兵衛の百姓魂をたたえました。

松山城から東へ一キロのところに、東野のお茶屋があります。藩祖松平定行《さだゆき》の隠居所でした。ここから、定行の弟が住んだ吟松庵《ぎんしょうあん》までの間は、東海道五十三次の景色をうつしてつくり、並木つづき、ビワ湖をまねた池、池のほとりの竹のお茶屋など、明治維新ごろまでありました。そこの木の間ごしにみる松山城のおもむきはまた、なんともいわれずよく、

カンコどり　竹のお茶屋の　人もなし　子規
ふるさとの　この松きるな　竹きるな　虚子

のふたつの句碑が並んでいます。

松山城下町で、よく人の訪ねるのが子規の家、それに「坊っちゃん」の漱石が住んでいた「いか銀」の跡。漱石が「坊っちゃん」の舞台にした松山中学跡には、漱石が松山を去るとき詠んだ、

わかるるや　一鳥ないて　雲に入る

の句碑が建っています。

松山城下は、タヌキの伝説と、俳句・歌の萌《も》え方が多いところとして有名です。

子規が松山城を詠んだ句は、以上のほかに、

城山の　浮かみ上るや　青嵐《あおあらし》

城山や　戦もなくて　草の花

松山の　城をみおろす　寒さかな

と、湧《わ》き水のごとく、その他の人のも、

古城や　北にそびえて　天の川　　鳴雪

城跡や　井戸の中より　揚げひばり　　虚子

兄と会い　城の石垣　秋おどろ　　波郷《はきょう》

と、きりもなく、短歌になって、

松山の　城大いなる　手の上に
　宝塔の如く　光る夕映《ゆうばえ》　　鉄幹《てっかん》

秋はれて　伊予に雲なし　鶴となりて
　飛ぶこと勿《なか》れ　松山の城　　鉄幹

朱の繻子《しゅす》の　柿のおち葉の　めでたさよ
　伊予松山の　城門のもと　　晶子《あきこ》

城山に　ひとつさびしく　なく夜鳥
　ねむるきわまで　われはききつつ　　茂吉《もきち》

と、これまた湧く雲の勢いで、俳人・歌人の心琴を鳴らした松山城は、そのたたずまいに詩魂の泉を秘めているのでしょう。

宇和島城

杉森久英

すぎもり・ひさひで

1912年～1997年。62年、「天才と狂人の間」で直木賞受賞。ほかに「天皇の料理番」「明治天皇」など。

水城に伝わる山家騒動

宇和島《うわじま》は四国の西海岸の中ほど、つまり愛媛県の最南端に近いところにあり、豊後《ぶんご》水道をへだてて、大分県の臼杵《うすき》・佐伯《さえき》などと相対している。高松から急行列車で西へ向かうとおよそ五時間、予讃《よさん》本線の終点である。旧藩のころは伊達《だて》十万石の城下であった。

宇和島はもと島だったろうという。つまり宇和島という島である。そして、伊予《いよ》（愛媛県）の宇和郡の中心であった。松山《まつやま》から西に二十二里（約八八キロ）。港は西に向かって開き、城郭は海をのぞむ丘の上にそびえている。

海水を引いて濠《ほり》としたところが、ふつうの城とかわっているところである。

現在は三重の天守閣だけ残り、本丸・二の丸は、城塁・石垣くらいを存しているきりだが、周囲の木立の緑と白亜の壁が美しい調和をなしている名城である。

この宇和島藩には、有名な山家《やんべ》騒動という伝説がある。

元禄《げんろく》十二年(一六九九)六月二十四日、宇和島藩の国家老大橋右膳《おおはしうぜん》は、参勤交代《さんきんこうたい》で江戸にいる主君伊達遠江守《とおとうみのかみ》の代参を命ぜられて、供人二十人をつれ、伊予と土《と》佐《さ》(高知県)の間にある笹山観音寺《ささやまかんのんじ》へのぼった。

右膳はまだ二十三歳の若年ながら、旧家の血統を誇り、常日ごろ横紙破りの振る舞いの多い男である。

住職の岳善《がくぜん》は浄衣を着して、壇上に祈念を凝らしたが、しばらくすると強風一陣吹き来たって、幣束《ぬさ》を吹き倒し、藩主の奉った願文を木の葉のように舞い上げてしまった。

不吉のこともあるものよと思いながら、岳善はそのまま儀式を終えたが、夜半にいたって、その夢枕《ゆめまくら》に三面八臂《はっぴ》の金剛神《こんごう》が現われて、

「やよ岳善、きょう国主の代参に来たりたる大橋右膳は、主を倒しておのれが取ってかわろうという邪悪の心をもてるものなれば、ゆめゆめ心を許すなかれ」

というかと思うと、掻《か》き消すように見えなくなった。

夜が明けて、岳善が本堂の前へ出てみると、庭の中央にある矢筈《やはず》ヶ池の水は血《ち》汐《しお》の色に変わり、蜘蛛《くも》の巣のようなものが一面に漂っている。

岳善はゆうべの夢と思い合わせて、物思いにふけっていると、大橋右膳が、

「御住持。これはどういうことでござろう？」

「されば……」

彼はゆうべの金剛神のお告げをそのままいうわけにはゆかぬと思いながらも、それとなく右膳に注意をうながすつもりで、

「当山は神代のむかし、大山積尊《おおやまづみのみこと》が国土創建のみぎりに開かせられた霊場でござって、弘法大師《こうぼうだいし》が諸国巡錫《じゅんしゃく》の途次、三七、二十一日の水行ののち、独鈷《どっこ》をもって地を掘りうがち、邪神を封じこめられたのが、この池でござる。それ以来、この池に異変が現われたためしはなかったが、今日ただいま、血の色を帯びましたことはただ事とも思われませぬ。ハテ、なんぞかわったことでもおこらねばよいが……」

信仰心のうすい右膳はあざ笑って、

「たかがこれしきの小池の水、すこしばかり色づいたとて、なにほどのことがあろうぞ。くみ出して、清水をそそげばすむことじゃ。この辺の百姓どもを集めてやらせましょう」

国家老の威光で、近在の農民のうち十五歳以上六十歳までのもの三百余人を召し集め、桶《おけ》・手桶・水車などで水をかい出させようとしたところ、一天にわかに掻き曇って、豪雨が降りそそぎ、池の水はたちまちあふれて濁流となり、あっという間に右膳を押し流してしまった。

右膳は下流の柾木《まさき》村でようやく水中から這《は》い上がり、城中に帰って、事の次第を藩主に報告したが、みだりに霊場を汚した罪によって閉門を仰せつけられ、かわりに物頭《ものがしら》役の山辺清兵衛《やまべせいべえ》が家老になった。

この男は忠義一徹の士で、城中に住みついていろいろと怪異をおこなうバケ猫《ねこ》を退治したり、貧困の民に施しをしたりして、主君のお気に入りであったが、反逆の志をいだき、おのれが主に取ってかわろうと思っている大橋右膳にとっては、目の上のたんこぶのような存在であった。

明くれば元禄十三年正月、藩主の側室が一子春松《はるまつ》君を出産したので、祝いの意味で大橋右膳の閉門は解かれた。しかし、彼のお家乗っ取りの意志はいよいよ固く、家中の士のうち金で動きそうなものは金で、地位で動きそうなものは地位で買収して、一味の勢力を拡張した。

この年の十二月、江戸から至急の知らせがあって、藩侯の遠江守は幕府の命令で、利根《とね》川の堤防工事に携わることになり、むこう三年ばかりは帰国されないだろうとのことだったので、右膳の一味は大いによろこび、この間に野望を遂げようとはかった。

悪人たちはまず藩の用金五万七千両を盗み、その罪を山辺清兵衛になすりつけて、闇夜《やみよ》に彼を襲い、殺した。

彼らはさらに山辺の老母と妻子をも殺害しようとしたが、忠僕道助《ちゅうぼくみちすけ》の働きで救われ、道助の在所山形《やまがた》村へかくまわれた。

道助は彼女たちをつれて京都に上り、清水《きよみず》寺の老僧に仔細を告げてかくまってもらった。

この老僧は五年ばかりまえに、諸国巡遊の旅に出て、宇和島在まで来たとき、吹雪《ふぶき》のなかで、難渋し、道助に救われたことがあり、快く道助の願いをうけ入れた。

しかし、清兵衛の老母は、一身の安全を考えるより、主君の安泰と悪人の滅亡を祈願するため、養老《ようろう》の滝にうたれようと、美濃《みの》国(岐阜県)へ出かけた。道助は付き添って養老へ向かった。

悪人どもはますます奸計《かんけい》をめぐらし、長宗我部元親《ちようそかべもとちか》の末孫と称する鎖鎌《くさりがま》の名人、曾我長太夫《そがちようだゆう》を軍師として、謀叛《むほん》の計画を練った。

彼らは主君遠江守が参勤交代を終えて帰国するときをうかがい、塩飽《しあく》諸島の小陰で待ち伏せて、大砲で船を打ち沈め、宇和島城を乗っ取ろうと申し合わせた。ちょうどそこへ、藩侯が帰国するという知らせである。悪人どもはいよいよ野望を遂げる日がきたと、手ぐすねひいて待った。

藩侯の一行が大坂まで着き、蔵屋敷に泊まって乗船の準備の成るのを待っているうち、ある日、藩侯がうとうととまどろんでいると、夢に山辺清兵衛の亡霊が現われ、悪人どもの奸計をくわしく語るとともに、いま帰国するのは、みすみす敵のなかへ飛び込むようなもので、危険だから、しばらく見合わせられたいと言上した。そこで藩侯は、にわかに病気になったと発表して、大坂に滞留することになった。

悪人どもの一味は、うすうす自分たちの計略がもれはじめたことを知り、このうえはぐずぐずせずいっきょに事を成し遂げようと、先代の主君光豊《みつとよ》公の十七回忌をいとなむという名目で、菩提寺《ぼだいじ》に参集し、さきに盗んだ藩の御用金五万七千両を、それぞれに分配し、結束を固めようとした。

この時、にわかに寺院が鳴動して、一陣の風が吹き来たると、樹木が揉《も》まれ、空中に声があって、悪人どもを大いに叱責《しっせき》するとともに、ひとつの玉が飛び来たって、軍師曾我長太夫を打ち殺した。死にのぞんで長太夫が白状したところによると、彼は長宗我部元親の末孫とは真っ赤ないつわりで、まことは出羽国《でわ》(山形・秋田県)で悪事をはたらき、お尋者になっている雲隠れの長兵衛というものであった。

やがて、悪人たちはつぎつぎに正体を現わし、藩侯も大坂を出発して、宇和島に帰り、忠臣たちはそれぞれ恩賞が与えられた。

義のために死んだ忠臣山辺清兵衛は、とくに宇和島城の乾《いぬい》（西北）の方に正一位和令大明神として祭られ、毎年六月二十四日が祭礼の日と定められた。

以上は、明治三十四年（一九〇一）に出版された『宇和島騒動』（牧牛舎桃湖《ぼくぎゅうしゃとうこ》著、弘文館刊）という実録本の概略であるが、江戸時代のお家騒動をあつかった歌舞伎《かぶき》や講談の型どおりで、善人・悪人が入り乱れ、夢のお告げや幽霊の知らせなどで筋が進行するという空想物語である。

しかし、どんな空想も、こしらえごとも、多少は事実に依拠したところがないわけでもないもので、この荒唐無稽《こうとうむけい》としかいいようのない物語も、そのもととなる史実があることはまちがいない。ただしそれは、この物語にあるように、元禄のできごとではなくて、それより、八十年ばかりさかのぼった元和《げんな》年間（一六一五〜二四）のことであった。

伊達秀宗が十万石で入城

宇和島《うわじま》藩の伊達《だて》家は、もと仙台六十二万石の伊達家からわかれたものであった。すなわち、慶長《けいちょう》十九年（一六一四）、独眼龍《どくがんりゅう》伊達政宗《まさむね》の長子遠江守秀宗《とおとうみのかみひでむね》が宇和島藩十万石の藩主に封ぜられたのが、そのはじめである。

そのまえは富田信濃守信高《とみたしなののかみのぶたか》がここを領していたが、石見《いわみ》（島根県）津和野《つわの》の城主坂崎成正《さかざきなりまさ》と争ったため、改易《かいえき》に処せられ、宇和島はしばらく幕領となって、藤堂《とうどう》高虎《たかとら》に預けられていたが、改めて秀宗に与えられたものであった。

仙台の政宗にしてみれば、大事な息子を四国の果てにもってゆかれ、はなればなれになるのは、人質にとられたようなもので、いったん事がおこったとき不便なのだが、それをしないと幕府に疑われるおそれがあるので、むしろすすんで秀宗を四国へ差し向けたというのが、実情であった。

秀宗は政宗にとって、長子だが庶子だった。

秀宗が宇和島城へ入ったのは、元和元年《げんな》（一六一五）三月であった。この城は富田信濃守が領有するまえにも、藤堂高虎が城主だったことがあり（文禄《ぶんろく》四年（一五九五）から慶長十三年までの足かけ十四年間）、そのころ本格的に築城して、丸串城《まるぐし》とよぶようになった。その当時の城の規模は、つぎのとおりである。
一、天守閣、方角は戌亥《いぬい》（西北）向き、土台より高さ七間。
一、追手は東向き、搦手《からめて》は南向き、両口なり。
一、山の高さ三十三間程、所により高低あり。
一、本丸、二の丸、三の丸。
一、郭回り、十六町。
一、物狭間《はざま》、千五。
一、丸之内小路、十三町。
一、櫓《やぐら》数、三十五。
一、城内外番所、二十か所。

一、城附武器、鉄砲六十梃《ちょう》、弓六十二張、長柄槍《ながえやり》百二十本。

（以下略）

秀宗が入国するにあたって、政宗は仙台の家臣のなかから多数を割《さ》いて、随従させた。そのなかに山家清兵衛《やんべせいべえ》公頼《きんより》というものがあり、総奉行に任ぜられて、諸般の政務をみることになった。

これがうえに述べた『宇和島騒動』の忠臣山辺清兵衛のモデルである。

山家家は代々伊達の家臣というわけではなかった。清兵衛の父、清左衛門《せいざえもん》は山形の城主最上義守《もがみよしもり》の譜代の家老だったが、義守の息女が伊達輝宗《てるむね》のところへ入嫁するとき、付き添いとして伊達家へ来たものであった。そしてその子清兵衛がまた、秀宗に従って四国へ移ったわけである。

一家につきまとう放浪の運命のようなものが感じられなくもないようである。

秀宗入国の当初、宇和島藩内は治政が乱れて、民は重税に苦しみ、財政も窮迫していた。

清兵衛は民力の休養と武備の充実を最大急務と信じて、その対策をたてるとともに、領内を巡視して、百姓町人の困苦を見、租税を軽減し、農耕をすすめるいっぽうでは、武士の俸禄を削り、藩の財政を引き緊《し》めるなど、営々と努力をかさねた。

しかし、藩士のなかには清兵衛のやり方を好まないものがあって、元和六年六月三十日夜、徒党を組んで清兵衛の邸を襲うと、清兵衛のみならず、家族ならびに縁者数名をも殺した。その氏名はつぎのとおりである。

山家清兵衛	四十二歳
山家治部（長子）	十九歳
山家丹治（次子）	十四歳
山家義濃（三男）	九歳
塩谷内匠（義弟）	年不詳
塩谷帯刀（孫）	十九歳
塩谷勘太郎（孫）	十四歳

清兵衛家来　　　　　　　　名、年不詳

同　　　　　　　　　　　同

彼らの遺体は城外丸穂村字戸板ヶ谷の竹藪に埋められた。ここはむかしから罪人の処刑場があり、刑死したものの死体を埋葬するところである。山家一族の死体がここに埋められたということは、藩が彼らを罪人とみなしていることを意味していた。

つまり、彼らを襲ったのは、ただの暴徒でなく、藩主の命を帯びた刺客たちだったのである。

しかし、彼らの死ののち、宇和島の城内に種々の怪異があり、清兵衛を討った一派の首領が変死するなどのこともあった。また彼らは正義の士であるのに、藩侯が奸徒《かんと》の讒言《ざんげん》に動かされたのだと弁護するものもあって、上下の同情を集めた。

清兵衛の恩顧をうけた日振《ひぶり》島の庄屋清家久左衛門《せいけきゅうざえもん》というものが、一同の骨を金剛《こんごう》山へ改葬したと伝えられている。

さらに、藩主秀宗は清兵衛の霊をなぐさめるため、城北森安にある八面荒神の社隅に一祠を建立し、児玉明神《こだまみょうじん》と名づけて祭ったが、霊験日ごとにあらたかで、参詣のものが絶えなかったから、承応《じょうおう》二年（一六五三）、あらたに檜皮《ひはだ》の杜《もり》に山頼和霊《さんらいわれい》神社を建てて、勧請《かんじょう》遷宮の式をおこなった。

式は六月二十四日におこなわれた。当日は盛儀を拝観しようと、近郷近在から数万の人が集まり、市中の雑沓《ざっとう》は名状できないくらいだったが、奉幣使《ほうへいし》の守護で神輿《しんよ》の行列がはじまるころ、にわかに空が掻《か》き曇り、大雨が沛然《はいぜん》と降りそそいだ。さらに、電光が閃《ひらめ》き、雷鳴がとどろいて、神輿の上に落雷があったが、これは祭神山家清兵衛の霊のなすわざだと、人びとは今さらのようにおそれた。

その後、寛文《かんぶん》七年（一六六七）、森安の地に遷宮、さらに享保《きょうほう》十六年（一七三一）、社地を鎌江の城址に遷《うつ》して新しく社殿を造営し、十九年に完成して、今日にいたった。

以上がいわゆる宇和島騒動の伝説と史実だが、初代藩主の入国早々におこったこの事件が、その後もながく藩の人心に影を落としていることは見過ごすことができないだろう。

和霊神社は毎年七月二十四日に大祭をおこなっているが、神輿の行列が水のなかへ飛び込む「走り込み」の神事があるので知られている。

日本の将来に心をくだいた宗城

山家《やんべ》騒動ののち、宇和島《うわじま》藩には平穏な日々がつづき、とりわけ天下の耳目を聳《しょう》動《どう》するようなできごともおこらなかった。しかし、徳川《とくがわ》の時代もそろそろ終わりに近づき、世情がなんとなくあわただしくなってくると、四国の西の果てまで、動乱の風波が押し寄せてくることを避けるわけにゆかなかった。

伊達《だて》家八代の藩主は宗城《むねなり》である。彼は弘化《こうか》元年（一八四四）、先代宗紀《むねただ》の隠居のあとをうけて、藩主の地位についたが、生まれつき聰明で、学問・知識の探求心が強く、広く世界の大勢に関心を抱き、日本の将来進むべき道に心を砕いていた。

彼は越前《えちぜん》の松平春嶽《まつだいらしゅんがく》、土佐《とさ》の山内容堂《やまのうちようどう》、薩摩《さつま》の島津久光《しまづひさみつ》とともに幕末の四賢侯といわれるひとりだったが、幕府のお尋者として追及されていた高野長英《たかのちょうえい》に隠れ家を提供したのは、当時としてはなかなか勇気のある行為であった。

高野長英は奥州水沢《みずさわ》の人である。

代々の医家に生まれ、文政《ぶんせい》三年（一八二〇）、十七歳で江戸に出て、蘭方の医学を修めたが、その後、長崎へ行き、シーボルトの塾でさらに学問を深めた。

ふつう江戸や長崎で医学を研究したものは、一定の年限が過ぎると、郷里に帰って医者になるものだが、長英は郷里の家には養子を立てて継がせ、自身は江戸に定住して、著述に専念した。

彼は渡辺崋山《わたなべかざん》・小関三英《おぜきさんえい》・幡崎鼎《はたざきかなえ》らの洋学者とともに尚歯会《しょうしかい》を結成し、ヨーロッパの学術・文化を吸収するとともに、これを日本に紹介する運動に従事したが、これは幕府の保守派の忌むところとなり、国禁の海外渡航をくわだてたなどの理由で検挙された。

裁判の結果、長英は永牢《えいろう》を仰せつけられたが、入獄六年めの一夜、江戸市中の火事で、一時釈放されたのを機会に脱走して、上州を経て郷里の水沢に老母を見舞い、さらに、福島・米沢・山形を転々して、江戸に潜伏した。

このとき彼は四十三歳、弘化三年のことであった。

しかし、きびしい幕吏の探索のもとでは、江戸の生活は危険なので、まもなく相模《さがみ》(神奈川県)の足柄下郡《あしがらしも》の某処に行き、数か月をすごした。

しかし、彼はふたたび江戸へ帰り、昼は奥まった部屋の長持のなかにかくれ、夜はそこを出て、著述や翻訳にいそしんだ。それらは友人の名前、あるいは変名で出版された。

まもなく、長英は伊達宗城の庇護をうけることになった。そのいきさつについては、村松《むらまつ》恒一郎(伊達家家記編輯所勤務)が、つぎのように述べている。

「(前略)長英が何故《なぜ》宇和島へ来るようになったかと申しますると、宗城公が其のズッと以前から長英のことをよく承知しておられたので、それらのことから縁故が出来たのでありますが、宗城公と長英との関係について、以前に、旧藩臣の中での当時のことを詳しく書いたものがあります。

これによりますと、宗城公と長英との関係はよくわかりますが、当時宗城公は古賀侗庵《こがとうあん》を師としておられた。この侗庵という人は漢学者でありながら、外国の事情をよく知っていた。長英もまた外国の事情に精通していましたので、古賀は長英の人物をよく知っていたのであります。

あるとき古賀が宗城公に外国の話をいたしましたついでに、今日、外国の学問に通じ、外国の事情を知る者は高野長英のほかなしとのことを申しましたので、宗城公は何かその高野という者が書いた本でもあるまいかとのことに、古賀先生は『夢物語』という長英の訳した旧書のあることを答えましたので、それではどうかその書物を見せてもらいたいと、公から古賀にお頼みになりました。この『夢物語』という本は幕府の非難をしたもので、長英はきわめてこれを秘密にして、同志のほかは誰にも示さなかったのでありますが、公はごく内密に古賀からこれを借覧されて、大いにその見識に感服し、ぜひ一度本人に面会して教えを受けたいと思われているうち、ここに長英の親友で鍋島《なべしま》家の侍医に伊東玄朴《いとうげんぼく》という人があります。

これは鍋島閑叟《かんそう》公の姉君が宗城公の夫人でありまして、姻戚の関係から、その玄朴が夫人つきの侍医という資格で常に伊達家にも出入りして、宗城公の知遇を受けておりましたところから、この玄朴よりして長英は渡辺崋山と懇意な間柄で、崋山の主君たる参州田原《たはら》の城主三宅土佐守《みやけとさのかみ》の家老に懇意な人があって、そのもとへ絶えず出入りすることを聞かれましたから、宗城公はドウかして本人に会う機会もがなと思われていました。

この三宅土佐守という人は高野長英から、かねてコートヒールという薬の製法を教えられていました。このことを宗城公が聞かれていたものですから、ある日殿中で土佐守に会われた時にコートヒールの製法をドウか自分にも伝授してもらいたいとお頼みになって、それ以来公は三度ほど土佐守のもとへ行かれましたが、その実コートヒールの伝授を頼んだのはホンの表面の口実であって、まったく同家に出入する長英に会うのが目的でありましたのであります。然るにこの事は、土公の家臣共が一向に仔細を知りませぬから、老臣共は、大々名ともある方が、佐守の如《ごと》き小身者とのお付合いはよろしからず、と諫言《かんげん》したくらいでありました。宗城公はそれでも構わず、参られまして、渡辺崋山にも会い、また伊東玄朴の周旋で長英にも二度ほどお会いになり、種々と外国の事情を聞かれました」

（『宇和島吉田両藩誌』）

長英をかくまい蔵六を招く

以上はまだ長英《ちようえい》の入獄の前のことだが、そのうちに『夢物語』が問題になって、長英は逮捕された。

しかし、火事のどさくさにまぎれて行方《ゆくえ》がわからなくなり、宗城《むねなり》は、ひそかに長英の身の上を心配していたところ、あるとき家臣の松根内蔵《まつねくら》というものが、長英の消息を伝えた。彼のいうところはこうである。

——ある日、松根は懇意にしている幕府の与力内田弥太郎《よりきうちだやたろう》というもののところへ行き、雑談をしていると、内田が声をひそめて言った。

「これは内密で、よそへもらされては困りますが、高野《たかの》長英君は生きておりますよ。しかも、江戸市中におります。麻布藪下《あざぶ》の、さる家にかくれております」

松根はよろこんで、麻布のあたりへ出かけてみたけれど、たやすくはわからないので、がっかりして帰った。

ところが、ある日また内田を訪ねたところ、先客があった。坊主頭《ぼうず》の大男で、ことばに奥州なまりがあったから、松根はこれが例の高野長英だなとさとったけれど、迂闊《うかつ》に聞くわけにもゆかない。そのうち酒になったので、大いに歓談して別れた。

たびたび会って、すっかり親しくなった。相手は自分の名を名のらないけれど、長英にちがいない。

このように告げたので、宗城は大いによろこび、内々で生活費を援助したり、兵書の翻訳をたのんだりしていたが、幕府の探索がきびしいから、いつなんどき捕えられるかわからない。いっそ宇和島《うわじま》へかくまったらどうだろうと、長英の意向を聞いたところ、本人も大よろこびで、宇和島へ行くことになった。

それにしても、伝馬《てんま》町の牢破りの大罪人高野長英をかくまうということは、もし露顕でもしたら一大事というので、表向きは出羽《でわ》国の洋学者伊東端渓《いとうたんけい》先生ということにし、ごく少数のもののほかには絶対知らせぬよう、道中の護衛も厳重にして、江戸をひそかに脱出した。嘉永《かえい》元年（一八四八）のことである。

宇和島では長英（表向きは伊東端渓）は蘭書翻訳御用という名目で、四人扶持《ぶち》を給され、ほかに時々の翻訳料をうけ取っていた。住所は家老の桜田佐渡《さくらださど》の別荘をあてがわれ、若党ひとり、下僕ひとり、婢（妾の用を兼ねる。お豊という名だった）ひとりのほかに、住み込みの学僕が一名という余裕のある生活だった。

学僕の二宮逸二《にのみやいつじ》は、長英が長崎で親しくしていた医師二宮敬作《けいさく》の息子である。

宇和島滞在中、長英は宗城に一度も謁見していない。もっとも、宗城が沖へ船遊びに出たとき、長英も船で出て、会ったという説もあり、海上でなくとも、だれも知らない場所で会ったということも充分考えられることだが、公式には会っていない。

長英の宇和島在住は一年で、来着の翌年、嘉永二年の三月十四日には、去らねばならなかった。

なぜ彼があわただしく宇和島を去らねばならなかったかというと、江戸から一通の飛脚便が届いたからであった。

その便りには、長英の宇和島滞在が幕吏の知るところとなり、近々中に逮捕の役人が宇和島へ向かうということを聞き込んだから、善処されたいという意味のことが書いてあった。

そういうわけで、長英はあわただしく宇和島を出発したが、それは表向きで、ほんとうに長英の出発したのは一月のはじめころで、いったん東宇和郡卯之町へ行き、親友二宮敬作のところでゆっくり旅装をととのえ、そのうえで広島へ向け旅立ったのだという説もある。

いずれにしろ、その後の長英は、鹿児島へ行き、また卯之町へ引き返し、さらに大坂・京都・名古屋と転々し、最後に江戸へ帰って麻布に潜伏していたが、あ

る日、ひそかに外出したところ、むかし伝馬町の牢屋でいっしょだった男に道で行き会い、

「高野先生」

と声をかけられたのが運の尽きで、幕吏に踏み込まれたが、長英は捕えられるまえに自刃した。

なお宗城は、長英の去ったのち、長州の医者村田蔵六《むらたぞうろく》を招いて、蘭学の教授、兵書の翻訳、軍艦の製造研究などを委嘱した。蔵六は維新後の兵部卿《ひょうぶきょう》大村益次郎《おおむらますじろう》だが、彼の大成は宗城の後援によるところが多大だったといっていいだろう。

宗城は安政《あんせい》五年(一八五八)、大老井伊直弼《いいなおすけ》との不和で退隠したが、その後も維新の動乱の渦中にあって、重要な役割を演じ、王政復古ののちは議定《ぎじょう》・外国事務総督・外国知官事・参議・民部卿・大蔵卿・欽差大臣・修史館副総裁などを歴任し、侯爵を賜わった。

なお、維新前、仙台の伊達家に男子が絶えたとき、宇和島の伊達から養子を迎えることになり、宗城の三男宗敦《むねあつ》がその選にあたった。

しかし、まもなく仙台では男子が生まれたので、せっかく迎えた養子は不要になった。といって、いったん家を出たものを、帰ってもらうわけにもゆかない。そこで宗敦は分家して、一家を立て、男爵に叙せられた。その三男順之助は、満州事変の前後、大陸に渡って、馬賊《ばぞく》（義勇軍）の指揮官となったが、日本の敗戦とともに国民政府軍に捕えられ、処刑された。独眼龍政宗《どくがんりゅうまさむね》の血はこういうところにも流れているのである。

（お断り）

本書は１９８９年に小学館より発刊された「日本名城紀行」シリーズを底本としております。

あきらかに間違いと思われるものについては訂正いたしましたが、

基本的には底本にしたがっております。

また、底本にある人種・身分・職業・身体等に関する表現で、現在からみれば、

不当、不適切と思われる箇所がありますが、著者に差別的意図のないこと、

時代背景と作品価値とを鑑み、原文のままにしております。

日本名城紀行 1

Classic Revival

2018年2月18日　初版第1刷発行

著者　森敦、藤沢周平、円地文子
杉浦明平、飯沢匡、永岡慶之助
奈良本辰也、北畠八穂、杉森久英

発行者　清水芳郎

発行所　株式会社　小学館
〒101-8001
東京都千代田区一ッ橋2-3-1
電話　編集　03-3230-9727
販売　03-5281-3555

印刷所　中央精版印刷株式会社

製本所　中央精版印刷株式会社

装丁　おおうちおさむ（ナノナノグラフィックス）

ISBN978-4-09-353103-0